Ein Gyrðir
Eichhörnchen
Elíasson auf
Wanderschaft

Gyrðir Elíasson

Ein Eichhörnchen auf Wanderschaft

Roman

Aus dem Isländischen
von Gert Kreutzer

Mit Illustrationen
von Laura Jurt

Walde+Graf

Wie das Licht der Ecklaternen, sagten die alten Chaldäer über das Leuchten aus jener Welt jenseits der Welt. Das Bild habe ich bewahrt, denn genau so trüb und schwach war die Laterne …

William Heinesen

Traumsonnen wecken mich, einen Augenblick bin ich im Zweifel, ob ich mich in dieser oder in der anderen Welt befinde, die Deckenlampe hilft mir auf die Sprünge; wie eine riesige Spinne windet sie sich zu mir herab. Schnurgerade. Ich erinnere mich plötzlich, dass dieses Zimmer der Wohnraum gleich neben dem Treppenhaus ist. Auf der anderen Seite schlafen Björg und August, hinter dem Fenster mit den Sackleinenvorhängen. Aus dem spärlichen Licht, das durch mein eigenes Fenster dringt, schließe ich, dass die äußere Sonne sich heute fernhalten wird. Ich atme unwillkürlich auf und murmele ein paar Fluchworte. Da erinnere ich mich an Axla-Björn und seine Schattenwelt. Beeile mich, die Wand das Echo zurückwerfen zu lassen: nie der Sonne fluchen, nie der Sonne fluchen, nie fluchen, nie.

Auf einem ausgesägten Sperrholzregal über dem Kopfende liegen drei handbreite Bände der Biographie Tryggvi Gunnarssons. Ich finde, dass ich ihn von der Rückseite der Banknoten gut genug kenne, und ich mag diese schweren Bücher nicht. Fürchte im Stillen, sie könnten eines Nachts, während das Heugebläse in trügerischer Stille am Scheunenfenster brummt, auf die Idee kommen, mir auf den Kopf zu fallen und einmalige Träume zu zerschlagen. Aber Björg will sie dort haben. Da sind sie am rechten Platz, sagt sie. Mir ist nicht ganz klar, was sie damit meint, aber dabei bleibt es.

Ich habe mich noch nicht gerührt, richte mich aber nun halb auf und beiße ins Inlett, rufe ein behagliches Knistern hervor, während ich die Augen über diese abgelegene Welt aus vier Wänden schweifen lasse, die man mit einem Schlüssel isolieren und in hellen Farben streichen kann. Die Welt kann man immer verändern.

Ich greife nach der Schreibtischschublade und ziehe sie ganz heraus, lege sie vor mir aufs Bett. Eine leere dänische Zigarrenkiste dreht sich über den unterschiedlichsten Dingen; eine Broschüre über Angelrollen und -ruten, ein Taschenmesser mit zerbrochener Klinge, Segelgarn und ein zerknittertes Zeitungsfoto von einem gestürzten Reiter. Ein Haufen Schrot rollt hin und her, als ich in dem Durcheinander herumwühle. Nachdem ich das Anglerheft durchgeblättert, das Foto zerrissen und versuchsweise einige Schrotkörner geschluckt habe, schiebe ich die Schublade unter das Bett, wo das auseinandergenommene Himmelsfernrohr liegt, und schwinge mich nach vorn.

Die Wände sind dünn. Bedeckt mit einer lila Tapete. Ich klopfe manchmal stundenlang darauf, sie sind eine unversiegbare Quelle hohler Töne. Diesmal muss ich aber auf jedes Pochen verzichten. August schläft noch.

Sonntag. Es ist Sonntag. Das fällt mir ein, und nun sehe ich die Sonntagskleider über die Lehne des Eckstuhls herabhängen, eine Art Mutation von Matrosenkleidung. Björg hat sie auf einer Nähmaschine mit Fußantrieb genäht, die oben in der Bodenkammer steht und von August Dreschmaschine genannt wird. Ich taste unter dem Stuhl nach den Alltagsjeans, aber die haben sich in Luft aufgelöst. Ich zwänge mich missmutig in die Sonntagskleider. Wische Staub von den schwarzen Ärmeln, putze die Fensterscheibe mit einem grauen Einstecktuch und schaue hinaus. Die Bergwunde immer wie neugeschnitten. Der Klang des Gebläses dringt durch das offene Fenster. Unter den Öltanks an der Seite des Hauses tuscheln Hühner, zwischen Würmern. Der Farmall-Cub-Traktor, zusammengekauert auf der Hauswiese, scheint fest entschlossen, über den Graben zu springen. Nicht weit von ihm eine verwahrloste Scheibenegge, aus den Zeiten der ernsthaften Pferdezucht.

Ich werfe einen kalten Blick auf die drei Biographieklötze, ehe ich vorsichtig den Türgriff fasse. Öffne und stelle mich darauf ein, auf Zehenspitzen über das eiskalte Linoleum des Flurs zur Küche zu gehen.

Die blaugestrichene Tür knallt gegen den Holzofen. Die ganze Küche ist blau, seltsam hellblau. Das Wasser auch: Man dreht den Kaltwasserhahn auf, und es fließt in ein Stahlbecken.

Aus der Speisekammer dringt ein gleichmäßiges Surren. Ich sehe durch den Türspalt. In der Ecke am Fenster, wo die Lebertranflasche steht, dreht Björg die Zentrifuge. Sie schaut nicht auf, macht wie besessen weiter, so dass das geblümte Kleid auf und nieder geht.

«Hast du Kaffee gekocht?», frage ich durch das Surren.

Nun schaut sie auf und lässt die Arme sinken. Die Kurbel macht weiter und dreht von selbst noch ein paar Runden. Der Milchgeruch legt einen weißen Schleier über den großen Kühlschrank und die handbetriebene Waschmaschine. Die Flasche Fleckenwasser mit den drei Kreuzen steht auf einem Bord zwischen Fischpuddingdosen. August sagt, dass verdorbener Fischpudding aus einer einzigen Dose genüge, ganz Schweden umzubringen.

«Ja, ich komme schon», sagt sie unnötig laut und greift nach dem Milcheimer.

Sie deckt den Tisch in der Wohnstube, unter der gefährlich aufgehängten Deckenlampe. Eine Tischdecke mit magischen Bildern von Damhirschen in einem Labyrinth. Ich habe versucht, ihnen mit der Messerspitze einen Weg aus den Sackgassen zu markieren, endete aber immer an einer unzerstörbaren Mauer.

«Das Barometer steht niedrig», sage ich und klopfe aufs Glas.

«Sie haben Regen vorhergesagt.»

Ich schaue hinaus in den Garten mit den verkrüppelten Bäumen und den zwergwüchsigen Zierpflanzen. Die Bergkette auf dieser Seite des Hauses ist in den Höhen unsichtbar. Nebel hat sich um die Felswände gewunden, wollartig und wasserdicht.

Björg steht am Spiegel in der Küche, der Durchgang zur Wohnstube ist offen. Sie kämmt sich, kneift die Augen ein wenig zusammen.

«Ich habe heute Nacht von abgesägten Menschenköpfen geträumt», sage ich.

Sie schaut mich an, eine Hand voll mit Haarspangen aus Plastik.

«Das war ein merkwürdiger Traum», sagt sie.

Ich ergänze den Traum, setze die Köpfe auf Stangen. Sie schaut wieder in den Spiegel, und ihr fällt eine Spange auf den Boden.

Ich schlürfe den Milchkaffee aus dem Glas und greife verstohlen in Augusts Schnupftabaksdose, die bei seiner unberührten Tasse steht. Ich niese.

«Gesundheit!»

Hoffentlich kommt heute niemand. Ich bin diese ewige Geschäftigkeit mit den verzierten Tassen und Kuchentellern leid. Unerträgliches Geschwätz, das die kleine Stube verpestet, Geschichten von ereignislosen Reisen in den Alpen oder von Ansteckungsgefahr in alten Ruinen, die ausgegraben wurden. Krankheitsschilderungen. Seufzer.

Ich schalte das Radio ein, und der gute Refrain bricht hervor wie die Sonne aus den Wolken: dimm damm dumm dumm damm, dimm damm dumm dumm dumm dumm damm …

Manchmal, wenn ich über die völlig ebene Hauswiese laufe, kommt sie mir vor wie ein Teppich, bei dem man vergessen hat, die Ecken anzukleben, und jeden Augenblick würde er beginnen, sich aufzurollen und mich in sich einzuwickeln. Ich krieche in eine rostig verbrannte Sprengmine und schreie einige Male, so laut ich kann. Es wäre lustig, so in der Domkirche zu schreien, denke ich. Betrachte das Gras rings um die runde Öffnung. Höre, dass Regen begonnen hat, auf das rote Metall zu fallen. Wenn es noch etwas heftiger regnet, kann ich diese Mine in eine Taucherglocke verwandeln und sie so ihrer ursprünglichen Funktion annähern.

Direkt neben der Mine ist ein kleiner grasloser Fleck, hier holen wir Grassoden für den Kuhstall. Björg schneidet die Kanten ein, schiebt den messerscharfen Spaten darunter, ich warte ab, dann heben wir das Stück gemeinsam auf die Schubkarre. Einmal rannte ich über den feuchten Boden, stürzte, landete mit dem Hals auf der Kante der Karre. Brachte den ganzen Tag keinen

Ton heraus, erst am Morgen danach kehrte die Stimme wieder.

Ich schlendere am algenbewachsenen Graben entlang, hoffe, schlanke Forellen unter dem Hohlufer hervorschießen zu sehen. Den Speer habe ich leider nicht dabei; ein Besenstiel mit einem zum Widerhaken gefeilten Dreizollnagel am Ende. Als ich den Nagel im Schraubstock zurechtfeilte, kam August zu mir und schloss die Werkstatttür leise hinter sich. Er sagte nichts, griff aber die Eisensäge und sägte ihn blitzschnell durch. Am nächsten Tag, als er sich hingelegt hatte, feilte ich einen anderen. Er weiß nicht, dass ich manchmal, wenn er nicht zu Hause ist, die Schafbüchse aus der Schreibtischschublade des inneren Zimmers herausnehme. Ich gehe den Graben so weit hinauf, wie ich komme, ganz bis zu den unheimlichen, dichtbewachsenen Torfgräben.

Es macht Spaß, eine Forelle zu schießen. Sobald sie ihren gelblichen Bauch nach dem plötzlichen Überdruck nach oben kehrt, wird man von Siegesfreude erfüllt, die an Feiertagsstimmung grenzt.

Auf der Sandböschung unterhalb der Mine drängen sich ungeschickt geschnitzte Holzautos, auf eisenbewehrten Schlittenkufen statt Rädern: wie ängstliche Kaninchen in Thymianklauen. Ich habe Wege mit unzähligen

Kurven gebaut und die hochbeladenen Fahrzeuge in die Geröllhalde gezogen. Aber heute ist mir nicht nach Autospielen. Ich trete mit dem Fuß nach diesen Nagetierabbildern. Dann greife ich den Spaten, dessen Blatt einmal gebrochen ist und geschweißt wurde, und fange an, ein Loch zu graben. Als es tief genug ist, springe ich hinein. Mit den Armen fege ich Sand, Kies und Erde auf meine Füße. Stampfe alles um mich herum fest, sitze schließlich halb in der Erde und beobachte, wie Raben Drosseln aus dem fahrbaren Pferdestall ganz oben auf der Wiese vertreiben. Die Erde dampft in der Windstille trotz des Regens, als die Raben lärmend und ungelenk durch das löchrige Dach emporfliegen und dabei mit den Flügelspitzen anstoßen.

Der Regen hat mich durchnässt, und ich bin schmutzig bis zur Hüfte, nachdem ich mich zur Hälfte in die Erde eingegraben habe. Ich galoppiere nach Hause zum Hof, es gluckert in den Gummischuhen, und der eine bleibt in einer besonders lehmigen Pfütze zurück. In den Flur komme ich auf einem Bein hinkend. Ich ziehe mich aus und wärme mich einen Augenblick am heißen Ofenrohr in der Küche. Trinke eine Tasse lauwarmen Kaffee, stehe neben einer Bank mit Schubladen und höre mit einem Ohr eine Vorlesung über Aufbewahrung und Pflege von Kleidung. Besondere Beachtung wird der Matrosenkleidung geschenkt. Aus einer Schublade der Bank wurden geflickte, verblichene Jeans herausgezogen. Strümpfe. Ein ärmelloses Hemd. Die anderen Schübe gefüllt mit Gewürzen, Weizen, Zucker, Zeitungen, Streichholzschachteln, Gummibändern, Beerenpflückern und Teebeuteln.

Ich stelle die leere Tasse hin und gehe aus der Küche, eine steile Treppe hinauf, von der ich mit dem Zuckerkrug im Arm hinuntergefallen bin. Der Krug ging zu Bruch, aber ich blieb heil und unverletzt. Andererseits war der Zucker, nachdem man ihn aufgekehrt hatte, nicht mehr zu gebrauchen wegen der winzigen Glassplitter, sie knirschten zwischen den Zähnen und richteten im Bauch Schaden an.

Im Schrank unter der Treppe lauert der Staubsauger wie ein Steinbutt auf der Meeresklippe. Links vom Aufgang steht eine Kiste, aus welcher der Neffe von Björg unvermutet mit einer wachsfarbigen Maske heraussprang und den Fall mit dem Krug verursachte.

Auf dem Fußboden eine Unmenge Konservendosen, leer, die Etiketten abgerissen. Wasser tropft in die Blechdosen herunter. Alte Zeitungen und Zeitschriften haufenweise unter der Dachschräge. Die Nähmaschine. Bedeckt mit Stofflappen.

Ganz innen ist ein Bett in einer für mich passenden Länge, Erwachsene waren früher kleiner. Ein kleines Fenster. Eine gerahmte Weihnachtskarte aus der Jahrhundertwende an der Holzwand, eine rote Schatzhöhle darunter: ein Altar.

Ich lege mich ins Bett und nehme das Allan-Quatermain-Buch und schlage einmal mehr die letzte Seite auf. Lese von seinen tödlichen Krämpfen, dem unerschrockenen Lächeln, die Faust um die Hornbrille gekrallt. So oft habe ich Allan Quatermain beim Sterben zugesehen, dass diese ergreifende Zeile nichts anderes bewirkt, als in mir die Neugier zu wecken, ob das Glas zerbrochen ist.

Wenn die von der Lektüre ausgehenden Träumereien angefangen haben, mich zu ermüden, stehe ich auf. Öffne das Fenster und klettere hinaus aufs Dach. Springe hinunter in einen fast leeren Sandkasten: Im Fallen denke ich an Sommersprossen.

Es ist Abend geworden. Björg macht sich ans Tagebuchschreiben, sie setzt sich ihre und Augusts gemeinsame Lesebrille auf und bittet mich, ihr den Federhalter zu bringen. Ich denke darüber nach, ob Quatermains Brille dieser geglichen habe.

> kalter nebel stieg heute auf in
> den kartoffelgarten sonntage gibt
> es nicht thorgunnur rief an
> wusch wäsche nähte hosen
> sigmar zerbrach das fernglas im
> hausflur

Ich habe das Fernglas nicht zerbrochen. Die Tür ist einfach aufgesprungen, traf es, wo es an einem Lederriemen am Haken hing.

Björg schraubt den Deckel des Tintenfasses zu und legt das Buch zurück. Schließt den Schrank mit den Glassachen auf: Gläser in allen Farben, Teller mit Pferdebildern oder zweistöckigen Landsitzen; geflügelte Mäuse auf dem Dachboden.

Oben auf dem Schrank ist ein Foto von einem sehr alten, mir unbekannten Mann, er knetet einen Filzhut in seinen Händen. Er ist fast kahl und so faltig an der Stirn, dass man ihm problemlos den Hut anschrauben könnte.

Neben dem Bild steht eine gewaltige batteriebetriebene Planierraupe. Es sieht aus, als wolle sie ohne Fahrer das Bild von der Schrankkante auf Björgs Kopf kippen, die sich bückt, um das Tagebuch oben auf den hohen Stapel gleichartiger Hefte zu legen. Es ist mir verboten, diese Planierraupe zu berühren. Sie gehörte einem Jungen, den ich aus dem Gedächtnis verloren habe. Trotzdem rücke ich oft einen Stuhl an den Schrank, wenn Björg und August ihren Mittagsschlaf halten, nehme das kostbare Stück herunter und schiebe die buntbestickten Sofakissen zusammen.

August ist den ganzen Tag nicht aufgetaucht. Björg sagt, er sei krank, und verbietet mir, zu ihm hineinzugehen. Sie bringt ihm Essen auf einem Holztablett, und um den Teller und das Glas rollen gelbe Tabletten. Ich weiß, dass er ein weißes Nachthemd anhat und ein Buch aus den gesammelten Werken der Theresa Charles liest. Wenn es dunkel wird, macht er eine Lampe mit einem ovalen Schirm an, der ganz besetzt ist mit reliefartig erhabenen Tiefseefischen. Der Schirm dreht sich, die Fische tummeln sich, August liest bei grünlichem Licht, atmet in schweren Zügen.

Wenn er schließlich einschläft, träumt er von einem verödeten Fjord. Ruinen und eine halbverfallene Kirche, die Augen zucken ruhelos unter den Lidern. Die Tiefseefische schwimmen Runde um Runde und beißen einander in den Schwanz: Er ist bei Tageslicht eingeschlafen. Er kommt nicht eher wieder zu sich, als es taghell geworden ist, reißt die Augen auf: Wo?

Der Hund vom Nachbarhof läuft an diesem Montagmorgen durch das verfilzte trockene Ufergras, wirft sich in den Fluss und durchkreuzt ihn. Er schüttelt sich und spritzt Wasser über den alten Kinderwagen, der unten am Strom dahingammelt. Dieser Hund ist völlig farblos und hat so kurze Beine, dass seine empfindlichen Körperteile über die Steine schleifen. Ich empfange ihn mit einigen gut ausgewählten Steinen. Er heult auf und wedelt mich an, kommt mir ganz nah. Wir gehen brüderlich zusammen zum weißen Haus, und ich springe hinein, nachdem ich vor seiner Nase Schmalzgebäck gegessen habe. Er kommt jeden Tag näher über den Bach, um mich Gebäck essen zu sehen. Wenn August aus dem Haus ist, hole ich seine quergestreifte Krawatte, lege sie dem Hund an und führe ihn auf den Hinterbeinen über den Hof zu dem Stein, den ich im Flussbett fand und der den Gesichtszügen De Gaulles ähnelt. Dort wachsen Brennnesseln. Der Hund leistet niemals Widerstand. Dann setzen wir uns an die Hofmauer und beobachten die Reisebusse, wie sie über die Holzbrücke kommen und einen Bogen um den Schafpferch machen. Es rumpelt, und das Blechungeheuer schleicht denselben Weg zurück, darin Dutzende von Köpfen, die in diesem Augenblick einen kleinen Jungen an der Hofmauer und einen Hund in der Größe eines Eichhörnchens gesehen haben.

Ich ziehe ein Taschentuch aus dem Halsausschnitt des Pullovers, fasse das eine Vorderbein des Hundes und wische ein eingebildetes Staubkorn aus seinen Augenwinkeln. Dann ziehe ich die Strümpfe aus und lasse ihn meine Fußsohlen lecken. Das ist, als ob eine kleine Schlange sich bei der Beschwörung unter Flötenspiel aus dem Binsenkorb in die Höhe ringelt. Das Surren in den Telefondrähten muss das Flötenspiel ersetzen.

Wir verlassen die heimatliche Wiese, vorbei am Rhabarbergarten. Diese supersauren Pflanzen sind biologische Telekommunikationsdisketten. Unweit des Rhabarbergartens liegt ein kleiner Teich, ein schlafloses Auge im Gras, Binsenhalme die Wimpern. Hier ist ein Lamm ertrunken, geriet in den trügerischen Schlamm. Lange schauten die Hörner heraus und die Wolle sank nur ganz langsam unter den Wasserspiegel. Aber nun hat man den Kadaver entfernt. Ich werfe einen Sauerampferstängel in die Mitte des Auges und sage «Hol's Stöckchen»

zu meinem Begleiter. Er schaut mich enttäuscht an und beginnt zurückzuschleichen. Hört nicht auf meine Rufe, die das Summen der Telefondrähte übertönen, schmiegt sich unter einem rostfreien Stacheldraht nahe dem Tor hindurch und springt in den Fluss direkt unterhalb des Abwassereinlaufs.

«Du bekommst Typhus, du Blödmann», rufe ich ärgerlich.

Er schüttelt sich am jenseitigen Ufer.

Ich schlendere ziellos in den Schuppen. Hier ist organisierte Unordnung in allen Dingen. Nach Muster ausgeschnittene Stahlplatten, eine neben der anderen, eine riesige Kiste voller Werkzeuge, darunter an die zehn Hobelarten, Ölkanister, Bottiche zwischen Wollsäcken. Eine Motorsäge, eine Drehbank, dort dreht August Schachfiguren und Krüge. Eine ganze Reihe von Kneifzangen; die Zahnschmerzen leben wieder auf, ebenso die Angst, ich erinnere mich plötzlich, was mir bevorsteht.

Ein Ölofen im Kremltürmestil mitten auf dem Fußboden. Schreckliche Blechscheren in der dunkelsten Ecke, mit langen Handgriffen. Hier säge und schnitze ich Boote, die ich dann häufig auf dem Fluss davonschwimmen lasse. August hält nichts von diesen Handwerksarbeiten, er behauptet, dass ich absichtlich in Nägel säge und das Stemmeisen auf den Glasscheiben schleife.

Ich bin dabei, eines meiner bislang größten Schiffe fertigzustellen. Einen Dreimaster mit selbst ausgedachter Takelage. Dieses Schiff soll «Alter Noah» heißen. Ich haue mit dem breitesten Stemmeisen einen Laderaum in das Schiff, achte darauf, das feuchte Holz nicht zu spalten, wenn ich mit dem Hammer auf den Griffkopf schlage. In diesen Hohlraum lege ich krumme Hufnägel und Augusts Schnitzmesser. Sobald alles fertig ist und ich hinunter zum Fluss gekommen bin, wo Björg die Blechtrichter der Milchzentrifuge und die Quarktücher spült, überkommt mich ein Zögern, und ich bringe es nicht übers Herz, das Meisterstück wegzugeben. Ein so schnittiges Schiff habe ich noch nie geschnitzt. Die Hände schließen sich um den gewölbten Kiel.

«Hast du das gemacht?», ruft Björg.

«Ja. Hab's geschafft.»

«Wo hast du das Material für die Segel her?»

Plötzlich muss ich vieles bedenken hinsichtlich des Stapellaufs und lasse das Schiff heftig auf das ruhige Wasser am Ufer fallen. Richte die Segel gerade und stoße es ab. Lasse die Strömung den «Alten Noah» mit sich reißen. Das Messer ragt aus dem Laderaum empor, und seine Spitze sticht ein wenig in das Rockleinen. Der Stahl glänzt, und das Schiff schaukelt den Fluss hinunter, bis es in den Wellen kentert. August hat kein Schnitzmesser mehr.

Die Tür zum Vorratsraum ist mit einer Klinke verschlossen, als sie geöffnet wird, knarrt es in den Angeln. Heerscharen von Fliegen liegen entweder tot auf dem Fußboden oder brummen in dunklen Tönen am kleinen Fenster. Unter einem hohen Regalbrett stehen Heringstonnen aufgereiht. Die Tonnen geben sich für etwas anderes aus. Sie enthalten verschiedene Mehlsorten.

Björg hat eine Taschenlampe in der Hand, es ist halbdunkel hier drinnen, sogar am Mittag. Schauderhafter Seelachs der Länge nach auf den Bänken, und Geruch von Fischschleim erfüllt die Luft, manchmal mit Gestank von zu starkem Pökelsalz. Björg will Kartoffeln holen. Ich halte die Kasserolle, greife den Stiel fest mit beiden Händen, während Knollen mit tastenden Keimen in den Lichtstrahl stürzen und mit hohlem Dröhnen in den Topf poltern.

Der Strahl wandert zufällig über die Regale: dort werden plötzlich schwarze Saftflaschen sichtbar, ohne Etiketten.

Der Topf ist voll. Wir zerquetschen Fliegenleichen beim Hinausgehen, tappen wortlos über eine hohe Schwelle. Spart man am Licht in der Vorratskammer, so ist es noch knapper in der Höhle. Regenkleidung und Sattelzeug hängen düster zum Fußboden herab, leises Klirren in den Kandaren. Der alte Kohlenofen verschwindet fast unter einem Haufen nutzloser Stiefel.

«Du musst dich irgendwann einmal daranmachen, diesen verdammten Stiefelplunder hier unten am Fluss zu verbrennen», sagt Björg und zeigt mit dem Lampenstrahl.

Eine lange Kiste voller Wollreste steht an der Außenwand. Dort hatte sich ein Hund sein Lager gemacht. Er geriet aber unter Augusts Traktor, und der Junge, der später verschwand, begrub ihn auf dem Rauchkatenhügel, setzte ein Kreuz darauf und schnitzte als Grabschrift hinein: Hier ruht Hrói.

Hier ist dagegen nie eine Katze gewesen.

«Es gefällt ihnen hier nicht», sagt Björg. «Würden vor lauter Langeweile eingehen. Katzen brauchen Abwechslung, so sind diese Tiere nun mal, sonst magern sie ab und beginnen den ganzen Tag zu miauen.» Das sagt Björg, und möglicherweise bin ich dann eine Art Katze.

Sie löscht die Lampe, augenblicklich ist alles schwarz, und ich lasse heimlich eine Kartoffel in Augusts Stiefel fallen, bevor wir die blaue Küche betreten.

Björg kramt im Kleiderschrank. Die Kleider hängen kraftlos in Regenbogenfarben, komplizierten Mustern aus Rosen und Streifen.

Der dritte Tag der Woche. Sonne. Wir fahren zum Einkaufen ins Dorf, nun gibt es für mich kein Entkommen: Ich muss zum Arzt. August begann etwas von Kneifzangen zu erwähnen, aber da fasste ich einen Entschluss.

Ich bin wenige Male mit August ins Dorf gefahren, seit er den Citroën gekauft hat. Der Schalthebel kommt aus der Mitte des Armaturenbretts, und vielleicht liegt es zum Teil an dieser unpraktischen Anordnung, dass August nur selten schaltet. Normalerweise fährt er im zweiten Gang, und er hat ständig den Fuß auf der Kupplung neben dem Gaspedal, so dass es über lange Strecken quietscht, wenn wir über die Schotterwege schleichen. Eine einzige Kurve gibt es auf der Straße, und von dieser Kurve an blinkt der Richtungsanzeiger auf dem Hinweg unaufhörlich an der linken Seite, auf dem Heimweg aber auf der rechten, den ganzen Weg bis zum Hofplatz.

Diesmal sind wir nur zwei, Björg und ich, und wir gehen zu Fuß. August hat sich ins Bett gelegt wegen des Salzfisches, der bei der Pökelung eine rosa Farbe angenommen hat und Schläfrigkeit verursacht.

Hinter den Kleidern im Schrank schlummert Augusts Rattenfellmütze, wartet auf den Winter. In ihr ist die Vidalínspostille, und zum weiteren Schutz ist sie in grobgestrickte Strümpfe eingewickelt. Ein rotes Gummiband, das sich für eine Schleuder eignen würde, um das Ganze herumgelegt. Dies ist ein heiliges Päckchen, fast nie aus seinem Versteck geholt. Die Postille gehörte der Schwester von Björgs Großmutter, sie nutzte sie wohl vorwiegend, um Wiesenschaumkraut und Storchschnabel zwischen den Seiten zu pressen, sagt August.

Björg hat eine Art Zebrakleid an und einen graugesprenkelten Mantel und schwarze harte Schuhe, die sich um die geschwollenen Knöchel legen, den Blutkreislauf hemmen. Wir sind bereit und machen uns auf den Weg, den vollgekritzelten Einkaufszettel in meiner Tasche. Die Sonne scheint, Zeichen am Himmel von einem Düsenflugzeug; nach außen gewölbte Striche von Berg zu Berg. Ein Bogen über dem Tal. Ich bin noch nie geflogen.

Die Hänge des Dimmufjalls blitzen in Violett und Rosa, gefüttert mit kaltgrünen Moospolstern dazwischen.

Hinter dem Eisentor wiederkäut ein Widder. Er steht auf und stampft mit den Füßen, während Björg am Torschloss herumdoktert, schüttelt den Kopf, wie um zu überprüfen, ob der Hörnerschmuck auch sicher in vollkommener Ordnung ist. Ich schiebe mich hinter Björg, kratze eine Handvoll scharfkantiger Steinchen vom Weg auf.

Das gerade Stück bis zur Kurve und der Steinbrücke laufe ich in unzähligen Schleifen und Schlaufen zwischen den Wegkanten. Die Brücke hat ein hohes Geländer. Ich lasse Björg ein kleines Stück vorausgehen, um mich ungestört meiner Lieblingsbeschäftigung auf diesem Weg widmen zu können. Ich mache Klimmzüge am Geländer, schwinge mich in die Höhe, erreiche in letzter Sekunde fest mit beiden Händen greifend das ovale kalte Eisen, so dass es hart in den Schulter- und Ellbogengelenken ruckt. Lass mich eine ganze Weile hängen und schaue hinunter in das schattige Blau des tiefen Wassers, die Brückenpfeiler verlängern sich auf der Wasseroberfläche durch den Einfluss der Sonne. Die Beine baumeln über der Tiefe, loslassen oder nicht loslassen, aber die Kleidung darf man nicht nass werden lassen. Ich schwinge mich mit erheblicher Mühe hinauf. Der Schmerz im Zahn meldet sich.

Jenseits der Brücke steht eine marode Wellblechbaracke, da liegen die jungen Männer aus dem Dorf so manchen Tag und schießen Möwen. Björg sagt, sie sollten besser nach Hause gehen.

Ich hole Björg ein, bevor sie vom Brückenbelag hinab auf den Schotter tritt. Sie war sicher ganz in Gedanken versunken, denn sie hat meine Verspätung gar nicht bemerkt. Wir sagen nichts. Trödeln an diesem weißlichen, in die Grasfläche geschnittenen Streifen entlang. Das Meer wird sichtbar, als wir auf die sogenannte Heide kommen. Ein Haus liegt so nah am Strand, dass die Brandung bei schlechtem Wetter durch Tür und Fenster schlägt, nachdem sie sich an den Felsenmassen gebrochen hat.

Hamraborg verbirgt das Dorf noch vor unseren Augen. In einer niedrigen Grotte an seinem Fuß wachsen Farne. Björg hat versucht, sie in unseren Garten zu verpflanzen, aber da gedeihen sie nicht.

Ein Traktor ruckelt und stöhnt auf einem Acker in der Nähe der Straße.

Dann erhebt sich der Kirchturm, der freilich kaum seinen Namen verdient, klein und hilflos. Aber das Kreuz ist an Ort und Stelle. Vor langer Zeit flog einmal ein zahmer Rabe mitten in der Messe durch das Kirchenfenster und sagte krächzend guten Tag. Der Pfarrer war so erschrocken, dass er ein Wasserglas umstieß.

Nahe der Kirche steht ein kleines Torfhaus, dort gehen wir hinein. Björg zieht ein Bündel mit vielen gefalteten Exemplaren des *Morgunblað* aus der Handtasche und gibt es der Frau, die in dem Häuschen wohnt. Die Frau heißt Johanna. Flammenhitze vom Ölofen, Kaffee brodelt in einer Kanne. Björg setzt sich auf eine Kiste in der Nähe der Tür. Ich lehne es ab, mich hinzusetzen. Ich bin voller Ungeduld.

«Er ist eigenwillig, der Junge», sagt Björg.

Ich laufe hinaus. Pisse draußen an die Grasmauer, der Wasserstrahl dampft. Kurz danach kommt Björg heraus, Johanna mit ihr, sie hat ein Opernglas an einem Lederriemen um den Hals. Sie hält es vor die Augen und richtet es auf das Küchenfenster des Hauses jenseits der Asphaltstraße. Dort ist ein Mann dabei, eine Tasse für sich allein abzuwaschen.

«Siehst du, ob er Seife benutzt?», fragt Björg.

«Nein.»

Johanna lässt das Fernglas sinken und reicht es Björg, die sich den Halsriemen über den Kopf streift.

«Unser Fernglas hat Sigmar neulich zerbrochen», sagt sie.

Endlich scheint sie genug gesehen zu haben. Die Frauen tauschen Abschiedsworte und Küsse aus, dann geht Johanna ins Haus.

Die Hauptstraße folgt der Bucht, hoch über dem steinigen Strand. Hier sind die Fensterläden den ganzen Hochsommer geöffnet, den besten Teil des Jahres sitzen die Leute da und schlürfen dünnen Kaffee im Halbdunkel, nur das Abendrot leuchtet durchs offene Fenster. Einige Häuser scheinen aus Streichholzschachteln gebaut.

Wir überqueren eine zweite Brücke, das Geländer ist lose und herausgebrochen, keine Gelegenheit für Turnübungen. Auf der anderen Seite das Salzhaus und ein bisschen weiter das Arzthaus, zweistöckig. An ihm ist ein langes, schmales Fenster, ähnlich einer Schießscharte, von der Erde bis nach oben. Das Dach mit abblätterndem Rost und steil. Am liebsten hätte ich gewollt, dass es beim Hineingehen in den Türangeln quietschte, aber das ist mir nicht vergönnt. Echo und durchdringender Geruch von Medikamenten erfüllen den Flur. Wir setzen uns auf eine Holzbank. Alles blitzsauber. Der Arzt ist eine Frau. Björg sagt, dass sie einen Reinlichkeitswahn hat.

Die Tür zum Zimmer der Ärztin wird geöffnet. Heraus kommt ein ältlicher Mann in einer Strickjacke, die voller Heuhalme ist. Er scheint etwas niedergeschlagen.

«Und versuch doch, das von dir abzuschütteln», sagt die Stimme der Ärztin hinter ihm. Ich denke darüber nach, ob das Heu oder etwas anderes gemeint ist. Er geht zögernd in seinen verdreckten Stiefeln, stöhnt heftig.

«Der Nächste, bitte!»

Ich spüre einen Schauer den Rücken hinablaufen, und Björg muss mich mit sich hineinschieben.

«Tag, junger Mann», sagt die Ärztin. Ich antworte nicht.

«Er hat Zahnschmerzen», sagt Björg.

Die Ärztin nickt, beginnt mit schrecklicher Genauigkeit glänzende Instrumente bereitzulegen. Ich schlucke. Die Zange zerschmettert den Zahnschmelz, das Blut füllt die Mundhöhle, dick und aromatisch. Der Backenzahn fällt in die Metallschale. Ich lasse etwas Blut auf meine Kleidung fallen.

«Aber Sigmar!», sagt Björg.

«Beiß auf die Zähne, ja so», flüstert die Ärztin.

Der Geruch der Medikamente wird süßlich. Ich sehe irgendwelche Ringe, und die Dinge verschwinden in weite Ferne. Ich rucke mit dem Kopf, und ein Blutschwall strömt aus mir über den weißen, sterilisierten Kittel.

Trete in die Ladenhöhle und spüre frisches Blut aus dem eingebauten Springbrunnen im Mund strömen. Im Inneren fehlt nichts außer Ventilatoren und einem Mückennetz, um die Stimmung heißerer Klimazonen hervorzurufen. Aus dem Keller dringt ein dumpfer Knall.

«Der Ladenschwengel schießt Ratten mit dem Luftgewehr», sagt Björg trocken und kneift die Augen zu. Sie klopft energisch auf den Thekentisch. Ein Mann kommt laut polternd die Treppe herauf, in den Armen einen Pappkarton, bezeichnet mit einer bekannten Whiskymarke. Er grüßt mit einem Murren zwischen den ungleichen Zähnen, stellt den Karton auf den Boden und schiebt ihn mit einem Fuß unter den Ladentisch.

Björg legt einen Geldschein auf die Theke.

«Und ein Päckchen Rosinen habe ich wohl vergessen aufzuschreiben.»

«Weiße Schuhcreme?», fragt der Mann ungläubig.

«Ja, steht das denn nicht da?» Björg ist ungerührt.

Von der Decke hängen Leinensäcke herab wie mehlbestäubte, gemästete Fledermäuse mit gestutzten Flügeln. Ich sehe einen Besen am Türrahmen stehen, greife möglichst unauffällig nach ihm, stoße mit dem Stiel an einen der Säcke, während der Verkäufer einen klapprigen Hocker zum Regal zieht, auf ihn steigt und dabei den Schein prüft. Piekse plötzlich ein Loch in den Sack, und es beginnt zu schneien. Langsam und weihnachtlich zuerst, aber dann reißen die Nähte. Björg ist sofort ganz weiß. Sie schüttelt sich und faucht, der Verkäufer springt vom Hocker und dreht sich in der Luft.

«Bist du wahnsinnig, du Schlingel!», kreischt er.

Ich schweige. Lasse das Blut laufen und erneut den Mund füllen. Björg nimmt mir den Besen ab. Die Fledermaus ist geplatzt, baumelt leblos über unseren Köpfen.

Auf dem Heimweg sehen wir, dass man den Kirchturm streichen müsste, er ist scheckig. Ich frage Björg nach den Farnen am Fuß der Hamraborg, ob sie nicht woanders wachsen könnten. Sie antwortet mir nicht.

Die Sonne verschwindet.

Wenn es wie jetzt abends dunkel wird und Björg die getrocknete Wäsche hereinholt, muss ich mit ihr gehen, auch wenn es nur einen Steinwurf vom Haus bis zur Wäscheleine ist. Die Taschenlampe wird herausgeholt, ich schwinge sie auf dem Weg und bilde mir ein, eine Sense zu haben und damit die Dunkelheit zu mähen. Da fällt mir der Zahn wieder ein, ich finde es merkwürdig, dass er nun für mein ganzes Leben weg sein soll.

Das Dunkel lässt die Wäschestücke bedrohlich erscheinen. Verkehrt aufgehängte Pullover schlagen mit den Ärmeln, ihre Kopflosigkeit ruft in mir Gespenstergeschichten hervor. Ab und zu fliegen Nachtfalter in den Lichtstrahl der Lampe und verlieren sofort die Orientierung. Die Batterie wird schwach, das Licht bildet einen trüben Ring, der sich in der Dunkelheit abzeichnet.

Ein verwittertes Kruzifix ist mit seifengrünen Drähten mit der Silagegrube verbunden. Eigentlich hat das Silo als solches keine Funktion mehr. Außer dass es die Wäscheleinen hält, gilt es nun als Räucherkammer. Die alte auf der Höhe war ja zusammengefallen und unbenutzbar.

Aus der Grube steigen stark riechende Räucherschwaden, die sich mit der Dunkelheit verbinden.

Ich war in diese Grube gefallen, kurz nachdem sie ihre Aufgabe verloren hatte; war ein wenig im Fenster herumgeklettert. Der Qualm wollte mich umbringen, ich brüllte tränenüberströmt im glühenden Unrat und sah kein Licht, tastete umher und fühlte nichts außer sandpapierrauen Wänden. August hörte schließlich meine Schreie und zog mich an einer Zementschaufel nach oben; reichte mir das Schaufelblatt.

Bevor wir hinausgingen, zündete Björg den Brenner an. Als wir die Pullover von den Klammern gelöst und sie alle gebündelt in die Arme genommen hatten, sahen wir ein kaltgraues Knäuel sich aus dem Schornstein des Hauses hinaufwinden.

«Alles vergeht in Rauch», murmele ich.

Am Fuße des Rauchfangs liegen Überreste vorzüglicher Bogen, die Björgs Neffe gebaut hatte, als er im vorigen Sommer hierherkam. Tatsächlich bauten wir beide uns Bogen in der Kammer, trotz der Vorhaltungen Augusts. Als wir auf die Hauswiese kamen, ging es mir bald auf, dass mein Bogen erheblich schlechter war. Schoss kaum halb so weit wie der andere. Ich ließ es für den

Augenblick dabei bewenden. Aber nach dem Abendessen ging ich allein hinaus. Nahm den besseren Bogen, wo wir ihn beim Vordach aus Holz und Draht liegengelassen hatten. Ich nahm ihn und spannte ihn einige Male, wie ein Schwerathlet einen Feuerhaken biegt. Er brach beim vierten Versuch. Der Knall war lauter, als ich erwartet hatte, und ein Splitterregen peitschte an mein Gesicht. Unwillkürlich kniff ich die Augen zu, und als ich sie wieder öffnete, war dieses gute Instrument nichts anderes als ein Stück Schnur mit zwei daran befestigten Bambusstümpfen. Ich wickelte die Schnur um die Stümpfe, als wären es Schnurhölzer, und steckte sie unter den Pullover. Schlich hinters Haus, kletterte über den Öltank aufs Stalldach. Versuchte, keinen Lärm auf dem Wellblech zu machen. Berechnete jeden Schritt. Die Berge wurden kleiner, als ich so hoch gelangt war. Es schien nur ein Unterschied in der Entfernung, nicht in der Höhe zu sein, der mich daran hinderte, direkt vom Dach auf den Gipfel des Dimmufjall zu steigen.

«Es herrscht fast Windstille», sagt Björg.

Ich trete aus Versehen auf einen Pulloverärmel und falle ins geharkte Gras.

Am Abend desselben Tages geht der elektrische Strom aus. Ein Hausgenerator, und Björg verfolgt genau die Spannung am Voltmeter in der dunkelbraunen Holzkiste. Und nun fällt alles aus. Der Herd mit all den Töpfen kühlt allmählich ab. Björg tastet sich durch die Finsternis und zieht eine gedrehte Weihnachtskerze hervor. Zündet sie an. Riesige Schatten huschen über die Wände, wenn man zur Flamme geht. Ich weiß, was der nächste Schritt sein wird, und bin darauf vorbereitet, wenn August mich auffordert, mit ihm zu kommen, um nachzusehen, wo der Fehler liegt. Steige in Björgs zu große Gummischuhe, meine sind noch feucht vom Planschen im Fluss. Eine Jacke aus Schaffell, Björg setzt die Kapuze auf, die in zwei Teilen über die Schultern hängt, wenn es wärmer ist. Wieder können wir die Taschenlampe gut brauchen. Björg hatte die Batterien auf den Ofen gestellt, als wir vom Wäscheabnehmen hereinkamen. Ein Ding, das Löcher in die Dunkelheit bohrt, ist unentbehrlich.

Man kann kaum mehr die Grenze zwischen Himmel und Berggipfeln erkennen. Der Gesang eines schlaflosen Steinschmätzers dringt durch das Dunkel zu uns.

Am Ende unserer Hauswiese muss August mich über straffgespannte Drähte heben. Die alte Maschinenharke mitten auf der Wiese hinter uns, ein Urzeittier mit schlechten Zähnen.

Nun sind wir auf höckerigem Boden. Ich beginne zu hüpfen und herumzutoben, bis August mich zurechtweist. Er eilt vorwärts mit gleichmäßigen Schritten, in seinem Mantel nach vorn gebeugt. Die Lampe könnte auch eine Kupferglocke sein.

Wir nähern uns dem Stationshaus, das Grabesstille umhüllt. Es hebt sich leuchtend weiß vom dunklen Hang ab. Der Bach stürzt reißend im engen Bett vorwärts. August sagt mir, ich solle auf der Plankenbrücke warten. Er geht allein zum Haus und verschwindet. Ich blicke hinunter in die Strömung, ohne sie zu sehen.

Die Grabesstille bricht; die Turbinen kommen stotternd in Gang. Das Mantelwesen kommt heraus, ergreift schweigend meine Hand. Die Lampe leuchtet, die Turbinen rotieren.

Wir gehen auf einem anderen Weg zurück, direkt oberhalb der algenbewachsenen Moorgräben. Sie verursachen mir einen Schauder, den die Kapuzenjacke nicht ganz fernhalten kann. Kalt. Tief.

Ins Bett gekommen, schlüpfe ich unter die Gänsedaunendecke und hole ein vergilbtes Exemplar eines dänischen Tierbuchs hervor. Ich rücke die Lampe zurecht, ihr langer Hals erinnert an einen Saurier mit einer winzigen Birne ganz vorne. Das Zimmer ist auf einmal gedrängt voll mit Monstern. Ein Zwergkrokodil kriecht das Inlett hinauf, eine Schlange zischt in der Ecke, ein Luchs rekelt sich behaglich am Ofen. Ich überblättere den schwarzen Leoparden, ehe er mich aus dem laubschweren Baum anspringt: ein breiter schwarzer Strich in fliehender Fahrt, unterdrücktes Brüllen.

Und dort ist ein Eichhörnchen mit einer Nuss in den Vorderpfoten, wirkt ganz harmlos. Es schimmert auf seinem rötlichen Fell.

In der Nacht schrecke ich jäh auf, höre ein Rascheln, Klauen kratzen den spärlich gemusterten Teppich. Eine Unzahl phosphoreszierender Augen. Sie tappen um das Gesicht herum, und ich muss an Prinz Eisenherz und den giftigen Trank im Nebelschloss denken. Ihm erschien eine ganze Kollektion von Monstern, er entkam mit Hilfe des Efeus an der Außenwand.

Als ich erwache, setze ich das Teleskop zusammen. Mit ihm kann ich durch Wald und Feld sehen. Im Sichtkreis erscheint ein Ödhof, dorthin bin ich lange nicht gegangen. Mir kommt in den Sinn, den Morgen mit einer Wanderung zu verbringen, nach Dingen zu suchen.

Björg kocht Kaffee. Gießt ihn aus der Kanne in einen karierten Kanister, steckt ihn in eine Wollsocke und sortiert Schmalzgebäck und Waffeln mit Rhabarbergelee in eine Blechdose. Bevor ich mich auf den Weg mache, sollte ich den Fokus des Teleskops einstellen und den Deckel fest vor die Linse schrauben.

Ein Gazebeutel auf dem Rücken, man hört dumpfes Klopfen bei jedem Schritt, der Kanister und die Dose können sich einfach nicht vertragen.

Ich folge einem wenig Wasser führenden Nebenfluss. Schlage einen Haken, als ich zu den Ruinen komme: Da verscharrt August durch Seuchen eingegangenes Vieh. Dann bin ich auf einem tiefen Erdpfad. Zur Linken zwei Sümpfe, unvermittelt überkommt es mich, dass alles schon einmal auf genau dieselbe Weise geschehen ist.

Ich versuche mich zu erinnern, wann, aber der Augenblick fällt immer durch die Maschen des Erinnerungsnetzes.

Oben am Hang ist ein riesengroßer Stein. Über ihm eine Vertiefung, darübergelegt eine Felsplatte. Auf dem Grund der Vertiefung drängeln sich dänische Zweikronenmünzen, angelaufene Spiegelscherben, Schraubbolzen. Rasierklingen. Diese Dinge hat Björg verschwinden lassen, als sie Kind war. Ich rühre sie nie an. Ich mache mir nichts aus Rost und Grünspan.

In Richtung vom Stein aufs Meer glitzert es in einem tiefen, blaugrünen Teich. Dort bin ich im vorigen Sommer mit dem Neffen Björgs geschwommen und habe seine Unterhose im Uferschlamm vergraben.

Auf dem Gipfel angekommen. Unten liegen die Hofgebäude. Alle schief und baufällig. Ich hüpfe und purzle den Abhang hinunter. Trete Heidekraut und andere Kleinpflanzen nieder.

Ein Zaun hält mich auf, und ein Bach. Der Dimmufjall ist unheimlich und drohend geworden, eine überhängende Bergwand. Mir ist es nicht geheuer, so nahe bei ihr. Jenseits des Berges eine kleine, unbewohnte Bucht, dorthin bin ich im Frühjahr mit August gegangen. Er schrieb eine Botschaft in das Gästebuch der Schutzhütte für Schiffbrüchige, entzündete Feuer im Kohlenherd und setzte den Teekessel auf, dann stapften wir hinunter an den Strand, um Treibgut zu suchen. Ich stieß auf einen seit langem toten Seehund voller Maden.

Ich gehe über eine kurzgeschnittene Hauswiese zu einem leeren Haus. August hat das Heunutzungsrecht. Da fällt mir ein, wie er einmal mähte und der Messerbalken ein Kuckucksjunges erwischte. Zerfetzte ihm die Beine. August sagte mir, ich solle nach einer Forelle im Bach suchen, während er sich um den Vogel kümmerte. Ich antwortete ihm, der Bach sei völlig ohne Leben. Er sagte, auf Unsinn höre er nicht. Er hatte wieder mit dem Mähen angefangen, als ich zurückkehrte. Ich suchte sogleich nach dem Kuckuck – der Traktor war von der hügeligen Wiese verschwunden –, fand aber nur die Beine.

Die Sohlen der Gummischuhe sind dünn geworden, ich spüre, wie die Grasstoppeln meine Füße kitzeln. Endlich bin ich beim Hof angekommen. Alle Fensterläden geschlossen. Gehe zur Tür. Sie ist verschlossen. Ich gehe ums Haus herum, fluche laut und spähe nach einem Schlupfloch. Alles vergeblich, Fensterläden und Türschloss zu stabil, als dass ich sie ohne Werkzeug überwinden könnte. Ich überlege, wer das Schloss an der Tür angebracht haben könnte, ob es vielleicht August war, und warum man mir nichts davon gesagt hat.

Ich hatte vorgehabt, Gespenst zu spielen, unsichtbar, in den Zimmern umherzustreifen, durch die undichten Fenster hinauszulugen. Ich setze mich niedergeschlagen an die Mauer und leere den Kanister und die Blechdose.

Als ich nach Hause komme, sind wieder Gäste gekommen. Ein Drache auf Rädern auf dem Hofplatz. Björg würdigt mich keiner Beachtung. Sie ist ewig beschäftigt, schüttet Zucker aus einer Tüte in eine Schüssel, Tate & Lyle, antwortet nicht auf meine Fragen bezüglich der Schlösser.

Die Wohnstube ist verschlossen, aber die Tür ist dünn, es dringen drei unbekannte Stimmen heraus. Und die halbunbekannte Gästestimme Augusts, warm und umgänglich.

«Es war etwas mit dem Kopf.»

«Die arme Frau.»

«Sie konnte sich nicht an die einfachsten Dinge erinnern. Es hörte einfach auf.»

«Und man konnte nichts für sie tun?»

«So sagten sie im Krankenhaus.»

«Wissen sie nun genau Bescheid?»

Björg stürmt durch die Tür, hat mir gerade ein Stück Weihnachtskuchen verweigert, mit der Zuckerdose in der ausgestreckten Hand, und ruft leise, dass es ungefährlich sei, das zu verweigern, sie wüssten sicher nichts. Mehr höre ich nicht. Schnappe mir das verbotene Stück Weihnachtskuchen, mache kehrt in mein Zimmer und krieche unter die Bettdecke. Greife nach der Decke, die über das Bett gebreitet ist, und lege sie über die Bettpfosten, mache mir so ein Himmelbett. Das Teleskop am Fenster blendet mich. Ich schließe die Augen, träume mich als Kapitän auf ein Siebenmeereschiff, das nie strandet, jeden Monat in Esbjerg anlegt, um eine Ladung Streichhölzer aufzunehmen …

Im Haus ist wieder Ruhe eingekehrt. Ich bin in der Dachkammer und bereite eine Operation vor. Der Patient heißt Hildibrand. Hildibrand ist gelb und ein ziemlich großer Teddybär. Ich lege ihn auf den Tisch unter der Dachluke und sortiere Messer und Scheren, wie ich es beim Arzt gesehen hatte. Zuerst mache ich einen Querschnitt, dort wo der Blinddarm sein müsste. In die Wunde gieße ich eine Flüssigkeit aus gefärbten Vanilletropfen und Assis Apfelsinensaft. Die Säge färbt sich hellrot. Ich mache das Glas leer, und Hildibrand weicht in meinen Händen völlig auf. Ich greife die Schere und weide ihn ganz bis zum Hals aus. Nur Sägespäne. Ich stochere mit dem Messer, aber wo ich auch suche, es gelingt mir nicht, den Apparat zu lokalisieren, der die weinerlichen Töne hervorruft und der mir schon lange Kopfzerbrechen gemacht hat. Ich nehme den Teddy und schüttle ihn ordentlich, kein Weinen, drehe ihn auf den Bauch und hacke abwechselnd mit Messer und Schere in den Rücken, rauf und runter. Nirgends ist Widerstand zu spüren. Ich werde allmählich böse. Mir kommt der Gedanke, der Apparat könnte sich im Kopf befinden, und schneide den Kopf vom Rumpf. Vermeide es, in diese braunen, gütigen Augen zu schauen. Lege den Rumpf auf das Bett, nehme den Kopf und spalte ihn in zwei Teile wie eine Kokosnuss. Holzfasern verbreiten sich über den Tisch. Ich schüttle die Kopfhälften, in jeder Hand eine, aber sie geben keinen Laut von sich.

Mein Blick fällt auf das Bett. Begreife plötzlich, dass ich jetzt zu weit gegangen bin. Dieser Teddy gehört gar nicht mir, sondern dem Jungen, der verschwunden und doch überall nah ist. Eigentlich soll ich ihn gar nicht bei mir haben. Habe mich aber doch schon vorher hingeschlichen, um geringere Maßnahmen an ihm zu treffen, die ich aus einer lieben Gewohnheit mit Nadel und Zwirn zusammennähte, und er war danach wieder so gut wie vorher.

Ich schaue flüchtig zur Tür, obwohl ich weiß, dass sie abgeschlossen ist, hoffe, dass Björg draußen ist. Die irdischen Reste Hildibrands stopfe ich in eine Plastiktüte, fege die Innereien vom Tisch hinein und binde zu. Die ärztlichen Instrumente sortiere ich in ein kleines bezogenes Etui, ursprünglich für einen Philips-Rasierapparat bestimmt.

Ich gehe die Treppe hinunter, meide die knarrenden Stufen wie heißes Feuer. Zum Glück ist niemand in der Küche. Ich öffne den Holzofen und katapultiere die Tüte hinein. Stoße mit dem Feuerhaken nach und werfe Holzscheite und Abfall darüber. Björg macht heute Abend oder morgen Feuer an. Wenn sie nach dem Teddy fragt, dann habe ich ihn schon lange nicht mehr gesehen, erinnere mich vielleicht dunkel daran, dass das Mädchen, das neulich mit seinen Eltern zu Besuch kam, mit ihm hinunter zum Fluss spaziert ist. Der Bogen fällt mir ein und die unangenehmen Fragen, die aufkamen, als man nach seinem Verschwinden forschte. Björg und August forderten eine Erklärung. Aber ich war schweigsam wie ein Grab.

«Vielleicht ist er auf magische Weise entführt worden?», fragte August und sah mich misstrauisch an, strich sich mit den Händen übers Haar.

Ich schiebe die Klappe vor den Holzofen und schleiche mich in die innere Stube. Alles ist still. Die innere Stube ist vollgehängt mit Bildern: Landschaftsgemälden und kolorierten Fotos von irgendeinem Küstenort: vereinzelte, geduckte Häuser an einem furchterregenden Berghang, Schwere in der Luft und Brandung auf dem Fjord. Ein Boot schaukelt im Wellental.

Über der Tür hängt ein winziges Bild, das ebenfalls mit der Seefahrt zusammenhängt: ein Mann auf einer Schute weit unten in den Südmeeren, er stakt sich bedächtig zwischen den Häusern voran, die auf Pfählen im ruhigen, grünen Wasser stehen. Dahinter ein dunkler Wald.

Am Fenster steht der Schreibtisch mit der Flinte und einer Flasche London Dry Gin. Und dort steht das Telefon. Hierhin lenkt Björg ihre Schritte spätabends, wenn sie hört, dass bei anderen Höfen angerufen wird,

belauscht Nachrichten von Krankheiten, Problemen, und schließt danach halb die Augen.

Ich setze mich an das Harmonium, das von Riesenbegonien und Buntnesseln umringt ist, auf dem Stativ ist ein Notenbuch mit Kirchenliedermelodien. Ich drücke auf alle Tasten, ohne dass man einen Ton hört, trete aber mit aller Kraft auf den Blasebalg und lausche dem taktfesten Sog. Lasse die Hände über das Manual gleiten, tu so, als spiele ich, so wie es August direkt vor den Abendnachrichten tut.

Das Telefon läutet. Es ist nicht für uns, aber ich weiß, für welchen Hof der Anruf bestimmt ist, und ziehe den gebeizten Deckel über das Manual. Ich setze mich an den Telefonapparat, nehme den Hörer ganz langsam ab und lausche.

«Und er hat nun ganz aufgehört zu laufen?»

«Ja, so was ist natürlich ein Schock für jeden.»

«Und läuft er dann nie mehr?»

«Ich weiß nicht. Man weiß ja nie. Im Herbst vielleicht.»

«Das war wirklich unglücklich.»

«Das Unglück ist wie jedes andere Unwesen, es ist einem immer auf den Fersen, wohin man auch geht. Aber ich habe ihn gewarnt, habe ihm gesagt, er solle sich bei diesem Wetter nicht an die Reparatur des Turmdaches machen.»

Dann ist es, als senkten sich die Stimmen. Die eine Stimme fragt die andere, ob es nicht sei, als atme jemand in die Leitung, und was für Leute wohl damit ihre Zeit vertrieben am helllichten Tage. Die andere Stimme sagt plötzlich, flüsternd: «Da ist noch jemand in der Leitung, antworte, bist du da?»

Langsam und vorsichtig lege ich den Hörer auf, krieche unter den Tisch, ziehe den Stecker aus der Batterie. Ich nehme eine der Postkarten, die in einer Glasschale bei dem Telefon liegen, kritzle auf sie kurze, unleserliche Sätze mit einem fast tintenlosen Kugelschreiber. Geheimnis ohne Schlüssel.

Ich bin einen Platz weitergerückt, stehe am Tisch mit dem Rehwachstuch, unter der Deckenleuchte, die nur knapp der Berührung durch einen Männerkopf ausweichen kann. Ich habe einen riesengroßen Papierbogen vor mir, braunes Packpapier, fast so groß wie die Tischplatte, das mir das Gewirr der Rehe verbirgt.

Zuerst zeichne ich ein Flugzeug und einen Hai, der sich im trüben Meer darunter herumtreibt. Dann beuge ich mich tiefer über das Blatt. Ich drücke kräftig auf den Bleistift und gebe mir Mühe. Auf einmal ist eine Strohhütte entstanden mit einer Hofwiese darum, ein kleiner stiller Teich und ein Eichhörnchen. Das Eichhörnchen betrachtet, wie sich das Haus im Teich spiegelt. Es ist müde und Abschiedsschmerz erfüllt die Atmosphäre.

Ich höre auf zu zeichnen. Stattdessen gehe ich hinüber zu der großen leeren Fläche und fange an aufzuschreiben, was sich vor meinen Augen abspielt; das Eichhörnchen bewegt sich, nicht aus dem Bogen heraus, sondern in das dunkle Papier hinein. Die Bäume um das Haus bewegen sich. Ich schreibe und bin bald zur Hälfte in das Bild hineingesunken. Dort ist das Wetter warm, die Landschaft schön, und ich möchte nicht zurück. Trotzdem weiß ich, dass ich nicht länger bei dem Häuschen verweilen werde. Ich gehe weiter, tu den letzten Schritt, ich bin zum Eichhörnchen geworden. Als Björg kommt, um mich zu Kaffee und Schmalzgebäck zu holen, sieht sie niemanden. Außer diesem wunderbar gezeichneten Eichhörnchen mitten auf dem Blatt, einer Strohhütte, einem Teich und unverständlichem Gekritzel daneben. Sie sieht nur dieses Eichhörnchen, wenn es noch nicht verschwunden ist, wenn es sich noch nicht davongemacht hat. Wenn es noch nicht ganz verschwunden ist, sieht sie es wahrscheinlich winken, aber es winkt nicht Björg zu. Es sieht Björg nicht, die das Blatt nimmt und mit nachdenklicher Miene zusammenfaltet, in die Küche geht und das Papier mit der Strohhütte, dem Teich und dem verschwindenden Eichhörnchen in den Holzofen steckt. Ein zweiter Junge hat sich eine Tarnkappe aufgesetzt, ist verschwunden.

Das Eichhörnchen fand es traurig, auf Wanderschaft zu sein. Aber es hatte einen Entschluss gefasst, und den durfte man nicht ändern. Es gab dem Steinschmätzer, seinem Freund, die Hütte mit dem Strohdach. Es verabschiedete sich von allen seinen Bekannten, den Schwimmkäfern im grünen Teich, den Lungenfischen und dem Fliegenpilz, der schon lange in seinem Garten wuchs. Es goss sich auf dem Gasherd zum letzten Mal Kaffee auf. Dann stieg es in die Samtschuhe und machte sich zu Fuß auf den Weg. Es hatte fast nichts bei sich, nur einen Weidenkorb, den es auf dem Rücken trug, darin waren seine

Tagebücher, eine Leselampe und ein Bündel Kleiderbügel. Die Kleiderbügel ragten in allen Richtungen aus dem Korb heraus, so dass das Eichhörnchen am ehesten wie ein Zwergrentier aussah. Es hatte die Kleiderbügel lange gesammelt, obwohl es keine Kleidung besaß.

Als es ein kurzes Stück zurückgelegt hatte, drehte es sich um und schaute auf die Hütte. Das Strohdach glühte in der Sonne. Der Teich ruhiger als die Augen einer Turmeule. Ich hätte vielleicht das Vergrößerungsglas mitnehmen sollen, dachte das Eichhörnchen. Es beugte sich nieder, um einige staubige Sauerampfer zu pflücken, die am Wegrand wuchsen. Es kaute sie beim Gehen und trat von Zeit zu Zeit nach Kieselsteinen. Sie flogen in den Straßengraben und verschwanden mit einem platschenden Geräusch. Das Eichhörnchen fiel das Barometer ein, es hoffte, dass der Steinschmätzer nicht mit seinem Schnabel das Glas zerbrach, wenn er den Luftdruck prüfte. Es war ein ausgezeichnetes Barometer, das er auf einer Fahrt in die Stadt mit seinem alten Onkel gekauft hatte, sie hatten in Parks geschlafen.

Als es einen halben Tag auf der Schotterstraße gewandert war, begann es zu ermüden, seine Füße schmerzten, und die Sonne brannte ihm glühend auf den Kopf. Weiter vorne tauchte undeutlich eine gelbgestrichene Tankstelle auf. Dort schleppte es sich hin, setzte sich an einen runden blauen Tisch auf dem Platz davor. Es hatte ein Taschentuch um den Kopf gebunden, um sich vor den Sonnenstrahlen zu schützen.

Autos fuhren heran und tankten Treibstoff, merkwürdige Autos, wie große überbaute Dreiräder. Die meisten Autos waren voller Kaninchen. Besitzer der Tankstelle war ein roter Fuchs. Er schien nicht in besonders guter Stimmung zu sein, manchmal steckte er den Tankschlauch durch das Rückfenster der Autos statt in die Tanköffnung. Das Eichhörnchen vermutete, dass es dieses dicke Fell war, das ihm auf die Nerven ging. Die Hitze.

«Du solltest nun sehen, dass du weiterkommst, mein Lieber», sagte der Fuchs trocken zum Eichhörnchen, während er durch die Tür hineineilte. «Es warten viele auf diesen Tisch», fügte er hinzu.

Das Eichhörnchen sah sich um. Es sah niemanden.

«Ich sehe nun – «, hob es an, fuhr aber nicht fort, als es in das Gesicht des Fuchses sah. Es stand auf. Die Rast hatte ihm gutgetan.

Die Staubwolke, welche die vorbeirasenden Autos aufwirbelten, ärgerte es. Manchmal hupten die Fahrer, und manche kleinen Kaninchen lagen mit den Schnäuzchen an die Hinterscheibe geklebt, bis sich alles in Staub auflöste. Es ist nicht gut, viel Staub in die Tagebücher zu bekommen, dachte das Eichhörnchen.

Plötzlich hielt eins der Autos. Es war anders als die anderen. Größer und mit vier Rädern. Am Steuer saß ein gutmütiger Bernhardinerhund.

«Auf dem Weg zur Stadt?», rief er.

«Ja.»

«Müde?»

«Nicht ganz.»

«Spring trotzdem rein. Verstaue den Korb hier unter die Plane auf der Ladefläche. Da ist er vor Staub und Regen geschützt. Du kannst mich übrigens Bernhard nennen.»

Das Eichhörnchen tat wie vorgeschlagen.

Das Auto ruckelte weiter, erhöhte die Geschwindigkeit immer mehr. Bäume, Gras, Gewässer, Häuser flogen vorbei.

«Ziehst du in die Stadt um?»

«Das kann man vielleicht sagen», antwortete das Eichhörnchen.

«Zuerst dachte ich, du seist ein Rentier.»

«Wegen der Kleiderbügel, natürlich», sagte das Eichhörnchen.

Sie beendeten das Gespräch. Das Auto raste vorwärts. Das Eichhörnchen sah, dass Bernhard ein absolut sicherer Fahrer war, obwohl er fast so oft aus den Seitenfenstern hinaussah wie durch die Frontscheibe. Es spürte, wie die Müdigkeit es erneut überfiel. Es gähnte, machte es sich im Sitz bequem. Schlief ein. Träumte von einer Wanderung durch einen schwarzen Wald, keine Sonne erleuchtete das Geäst der Bäume. Unter seinen Füßen knackten die Zweige. Plötzlich sah es etwas glitzern. Es beugte sich nieder und hob das Ding auf. Es war ein Glaszwerg, rot angemalt, nur die schenkelhohen Stiefel kohlschwarz. Sein Blick fiel zur Seite, und es sah die leere Grube, in der man offensichtlich Holzkohle gebrannt hatte. Zwei Damhirsche rannten ziellos zwischen den Bäumen umher.

Das Eichhörnchen erwachte plötzlich, als das Auto in ein Schlagloch geriet. Es hatte lange geschlafen. Dunkelheit war angebrochen. Sprühregen fiel auf die Fenster.

Die Scheibenwischer tickten. Bernhard summte ein Lied, das auf eigentümliche Weise anstieg und abfiel, im Takt der Scheibenwischer. Er verstummte, als er sah, dass das Eichhörnchen erwacht war.

«Na ja, endlich machst du die Augen auf. Hast du was geträumt?»

«Nein», antwortete das Eichhörnchen.

«Ich träume immer was», sagte Bernhard.

Gummi wischte über das feuchte Glas. Als sie zum Stadtrand kamen, war es stockdunkel geworden. Das Eichhörnchen erinnerte sich, dass die Lichter früher zahlreicher und heller gewesen waren. Nur wenige waren unterwegs. Einige Fledermäuse, mit Flügeln wie flatternde Mäntel, spazierten die Bürgersteige entlang. Kein Mensch. Es war lange her, seit dem Eichhörnchen Menschen begegnet waren.

«Was ist aus ihnen geworden?», fragte es Bernhard.

«Die meisten sind einen Kopf kürzer gemacht worden.»

Sie fuhren durch verwinkelte Straßen. Bernhard fragte das Eichhörnchen, wohin es wolle. Das Eichhörnchen sagte, es habe kein bestimmtes Ziel. Bernhard wunderte sich über die Sorglosigkeit des Eichhörnchens. Er sagte, er wisse zufällig von einer Kellerwohnung in der Altstadt, die leer stehe. Dort habe ein Mann gewohnt, aber der sei pleitegegangen, und so habe er die Wohnung verloren.

Eine Straße reihte sich an die andere. Endlich stoppte Bernhard das Auto vor einem alten, heruntergekommenen Haus, die Fenster erinnerten an die schwarzen Augen eines Spielzeugfernrohrs.

«Ist es hier, im Keller?», fragte das Eichhörnchen.

«Gewiss.»

«Kann man nicht besser in den oberen Stockwerken wohnen?»

«Die sind unbewohnbar. Wie Verschläge. Scheibenlose Fenster.»

«Ist das nicht etwas unheimlich?»

«Man gewöhnt sich dran wie an was anderes.»

«Was für anderes?»

«Nichts. Gar nichts.»

Das Eichhörnchen stieg aus. Es atmete die dicke, feuchte Nachtluft ein. Es langte nach dem Weidenkorb unter der Plane. Der Korb war zum Zerbrechen trocken. Es dankte Bernhard fürs Mitnehmen.

«Vielleicht sehen wir uns mal wieder», sagte Bernhard.

Die Tür war nicht verschlossen, wie Bernhard gesagt hatte. Das Eichhörnchen trat, ohne etwas zu sehen, ein und tastete nach dem Schalter. Licht. Es stellte seinen Korb in der Diele ab und begab sich auf eine Erkundungsreise durch das Haus. Jedes Mal, wenn es zu einer Tür kam, streckte es die Pfote hinein und tastete neben dem Türrahmen nach einem Lichtschalter.

Die Wohnung war keineswegs ungemütlich. Hier könnte es bleiben, wenigstens für eine Weile. Es müsste nur einen Gebrauchtwarenhandel finden, um einige Möbelstücke zu kaufen: einen Küchentisch, Stühle, ein Sofa, ein Bett, ein kleines Regal für die Tagebücher.

Es holte den Korb und trug ihn in das größte Zimmer, das in gelber und hellblauer Farbe gestrichen war. In einem Schrank fand es eine karierte Wolldecke und etwas, das wie eine Nachtmütze aussah. Es ließ die Kleiderbügel auf den Boden des Kleiderschranks fallen. Breitete die Decke auf dem Zimmerboden aus, knipste die batteriebetriebene Leselampe an. Riesige Schatten tanzten über die gelben und blauen Wände, als das Eichhörnchen nach den Tagebüchern griff. Es tauschte die Patrone im Füllhalter aus und begann zu schreiben.

… und hier im Flur ist

ein Perserteppich mit einem gewebten Muster
das an blaue Berge in weiter Ferne
erinnert, ein Zitronenmond,
geflügelte Wolken und Beete von
Schlafmohn. Wahrscheinlich ist es
ein ungarisches Volksmärchen, das mir
diese Furcht vor Traumsonnen
eingeflößt hat …

Es war kein bisschen müde. Dieser Schlaf im Auto hatte es völlig munter gemacht. Es schraubte den Füller zu. Es verlangte nach einem Kaffee, hatte sich aber schon davon überzeugt, dass trotz der Anwesenheit einer Kaffeemaschine in der Küche kein Pulver in den Regalen zu finden war. Eines der Dinge, die es morgen kaufen müsste. Es riss ein Blatt hinten aus dem Tagebuch, griff erneut nach dem Füller und schrieb einen Einkaufszettel. Es beschloss, auch einige Zimmerpflanzen zu kaufen. Einen Gummibaum oder eine Riesenbegonie.

Es müsste auch ein Telefon haben. Es könnte ja jemandem einfallen anzurufen. Das Eichhörnchen faltete den Zettel zusammen und löschte die Lampe. Es hörte in der Ferne Verkehrslärm, Katzengejaule, Deckel, die auf Aschetonnen geknallt wurden. Vor dem Fenster hörte man Flügelschlagen.

«Entweder sind das Wolken oder Fledermäuse auf dem Heimflug», murmelte das Eichhörnchen. Damit schlief es ein.

Es erwachte plötzlich, steif vor Kälte und von der Härte des Fußbodens, schüttelte die Schläferwelt ab. Der Schlaf hatte es wieder in diesen schwarzen Wald geführt.

Die Armbanduhr zeigte kurz nach neun. Es sprang auf die Füße.

Das Glas in der Haustür funkelte in unzähligen Farben, ähnlich einem bunten Kirchenfenster, nur die Aura des Heiligen fehlte völlig: Ein kohlschwarzer Büffel, der wie ein Mensch saß, die Hörner emporgebogen, schien eine Messe zu halten für einige wenige Vogelscheuchen, die teils Kopftücher, teils Schlapphüte trugen. Im Hintergrund ein gewölbter Abendhimmel.

Das Eichhörnchen öffnete die Tür nach draußen. Es hatte geregnet. Es trat zögernd auf den Bürgersteig. Ein kleines Stück die Straße hinunter sah es ein Schild: KOLONIALWAREN. Es ging in diese Richtung. Sein Magen fühlte sich an wie eine leere Papiertüte.

In der Tür des Ladens wäre es beinahe von einem massigen Braunbären in einem zerknautschten Anzug niedergetrampelt worden, der mit einer Rolle Toilettenpapier in den Pranken herausstapfte. Das Eichhörnchen war halb ohnmächtig, als es eintrat. Es nahm sich einen Einkaufswagen, der einen so hohen Handgriff hatte, dass es sich auf die Zehen stellen musste, um ihn schieben zu können. Es legte in den Wagen Brot, Milch, Bananen, Kaffee, Nussbutter. Richtige Nüsse schien es hier nicht zu geben.

Der Kaffee kam nicht in die Tüte mit den anderen Sachen, so dass es das Paket in der anderen Pfote hielt.

Das Gartentor war zugefallen, während das Eichhörnchen fort war. Es entschloss sich darüberzuspringen. Es nahm Anlauf, schwebte in der Luft und kam mit einem Fuß auf das hinterste Rohr des Gitterrostes und fiel auf den Vorplatz. Na ja, wenigstens bin ich nun auf der richtigen Seite, dachte das Eichhörnchen mit der Nase auf dem feuchten Beton. Es rappelte sich auf, noch nicht ganz bei sich, ansonsten hatte alles die unsanfte Behandlung überstanden, außer dem Paket Kaffee. Das war geplatzt. Das Pulver lag in dünner Schicht über den Hof verstreut. Das Eichhörnchen schob den Büffel und die Mantelwesen zur Seite, suchte in der Küche einen Esslöffel. Es schlug die Tür hinter sich zu und begann den Kaffee zu Haufen zu schaufeln, verzog das Gesicht, wenn das Metall auf Stein kratzte. Erde vermischte sich mit dem Pulver und bedeckte es, aber dem Eichhörnchen war es gleichgültig. Es würde schon wieder Kaffee bekommen.

Der Gebrauchtwarenladen war ein großer Raum. Abgedankte Sofas, ein Haufen Korbstühle, einer über dem anderen, Wohnzimmertische aus Kiefer am anderen Ende aufgestapelt. Von der Decke hingen ungefähr hundert

Kronleuchter, und in allen brannte Licht. Trotzdem empfand das Eichhörnchen es nicht als hell hier drinnen. Palisanderschränke standen an den Wänden, so dunkel, dass sie Licht verschluckten, ohne auszubleichen.

Zuerst sah das Eichhörnchen niemanden.

«Hallo», rief es zögernd in das Chaos.

Man hörte jemanden brummen. Nun erkannte das Eichhörnchen im innersten Winkel des Geschäfts undeutlich ein riesiges Bett, dunkel und in einem überladenen Stil. Auf dem Bett lag zusammengekauert ein riesenhaftes Wesen, das das Eichhörnchen nur mit Schwierigkeiten wiedererkannte. Das Wesen brummte wieder, stand schwerfällig auf, und nun erkannte es das Eichhörnchen. Es zuckte zusammen. Da war der Braunbär vom Morgen wieder. Er beugte sich über das Eichhörnchen und sah es mit scharfen Blicken an.

«Nun, nun?»

«Guten Tag», murmelte das Eichhörnchen vorsichtig.

«Grumpfh.»

«Ich hatte an Möbel gedacht.»

«Grumpfh.»

«Stühle, ein Tisch, ein Bett, ein Regal, auch ein Schrank, wenn es nicht zu viel Mühe macht», stammelte das Eichhörnchen.

Der Bär knurrte leise und begann, Stühle aus dem Stapel zu ziehen. Mit beiden Armen schob er Tische und Sofas über den Fußboden, so dass das Eichhörnchen auf einen der Palisanderschränke springen musste, um nicht ein Opfer dieser schnellen Bedienung zu werden. Der Lärm war zum Wahnsinnigwerden. Schließlich war auf dem Holzboden eine bunte Ansammlung von Möbeln zusammengekommen: ein unglaublich dralles Sofa mit feuerrotem Bezug, zwei niedrige Küchenstühle mit grünen Beinen, aber kohlschwarzem Sitz und Rücken, ein Tisch, der überhaupt nicht zu den Stühlen passte. Ein Wandschrank, von dem das Eichhörnchen zuerst glaubte, es sei eine zweifache Harmonika. Nur eines fehlte. Das Eichhörnchen sah sich oben vom Schrank aus um. Es zeigte auf das Bett, auf dem der Ladenbesitzer gelegen hatte.

«Dieses Bett, könnte ich das wohl auch haben?»

Das Brummen wurde lauter und leiser, und das Eichhörnchen begann die Frage zu bereuen.

«Unverschämter Knirps!», dröhnte der Bär und bewegte sich langsam in Richtung des Schrankes, auf dem das Eichhörnchen saß. Aber bevor er zum Schrank kam, sah er sich einem hohen Spiegel gegenüber. Der Bär blieb plötzlich stehen. Eine Miene der Zufriedenheit überdeckte die Fratze, und er holte aus der Jackentasche einen Kamm heraus. Er scheitelte sich in der Mitte und kämmte das Haar sorgfältig nach beiden Seiten. Er schnalzte mit der Zunge und entblößte für einen Augenblick die Zähne.

«Alles in Ordnung», sagte er plötzlich wie aufs Geratewohl.

«Alles in Ordnung?» Das Eichhörnchen wusste nicht, was es davon halten sollte.

«Das Bett. Du kannst das verdammte Bett haben. Aber spring vom Schrank runter, bevor du ihn kaputtmachst.»

Einige Tage vergingen, zogen sich sonderbar zäh dahin. Das Eichhörnchen kam sich vor wie eine Fliege, eingeschlossen in Bernstein. Es schien ihm kaum der Mühe wert, diese Tage ins Buch einzutragen, es schrieb einige wenige, neutrale Zeilen, fast gedankenlos. Dies sind keine Tage, schrieb es an einer Stelle.

Es beschloss eines Abends, mit Bernhard Kontakt aufzunehmen. Bernhard wohnte in einem Feuerwehrhaus oder am Ende eines Feuerwehrhauses, das hatte er dem Eichhörnchen gesagt.

Es machte sich bei leichtem Nieselregen auf den Weg zu Bernhard. Das Eichhörnchen hatte sich eine Suppe gekocht, und während es aß, erinnerte es sich an seinen Großvater und wie seine dritten Zähne klapperten, wenn er Suppe aß. Es erinnerte sich besonders an einen Vorfall; selbst saß es am Tischende, die Wange auf eine Pfote gestützt, und starrte auf seinen Großvater, der in das halbdunkle Fenster am anderen Ende stolperte, ein Krachen und Schmatzen, auf einmal erstarrte er und röchelte, schnappte nach Luft. Die Zähne hatten sich vom Gaumen gelöst, und er hatte sie verschluckt.

Das Eichhörnchen fragte eine Fledermaus nach der Richtung, sie bestätigte ihm, dass es auf dem richtigen Weg war. Eher als gedacht, war es in eine Sackgasse gekommen, und an ihrem Ende erhob sich ein alter Steinkasten. FEUERWEHR.

Das Eichhörnchen klopfte an die Hintertür. Es brauchte nicht lange zu warten. Bernhard öffnete. Er zog das Eichhörnchen hinein wie eine Stoffpuppe.

«Herzlich willkommen, du kommst wie gerufen», jaulte es in ihm.

Das Eichhörnchen machte sich zurecht und bereitete sich auf eine Antwort vor.

«Komm, ich muss dir eine Kleinigkeit zeigen», fuhr Bernhard fort und stieg vor dem Eichhörnchen eine steile Treppe hinauf. «Hier, im Badezimmer», sagte er und zeigte ungeduldig hinein.

Das Eichhörnchen in der Türöffnung erstarrte. In der Badewanne lagen drei mit Erde verschmutzte Schädel.

«Aber, die sind ja von Menschen», flüsterte das Eichhörnchen schließlich.

«Richtig geraten», sagte Bernhard.

«Wie –?»

«Hab sie heute Morgen auf der Ladefläche gefunden, in einem Leinensack. Hab nicht die geringste Ahnung.»

«Aber warum in der Badewanne?»

«Du siehst, dass sie schmutzig sind, bis über die Ohren, hätte ich beinahe gesagt. Ich will mir ein paar Eier braten und sie dann abwaschen. Wenn du es nicht inzwischen tun willst?»

Das Eichhörnchen schüttelte sprachlos den Kopf.

Bernhard briet die Eier schweigend. Der Tisch war bedeckt mit verschiedenfarbigen Schachfiguren und Zeitschriften, ein Buch über Archäologie hing mit dem Rücken nach oben über einer Stuhllehne, wie zum Trocknen.

Das Eichhörnchen lehnte das Essen dankend ab. «Die Suppe genügt mir für den Morgen», sagte es entschuldigend.

Ein Glas mit einem künstlichen Gebiss stand im Kühlschrank.

«Brauchst du künstliche Zähne?», fragte das Eichhörnchen vorsichtig.

«Wie bitte? Nein, die gehörten zu einem der Schädel», sagte Bernhard, während er die Eier in sich hinein-

schaufelte. «Sollen wir Musik hören?», fragte er plötzlich. Er wartete die Antwort nicht ab, ging ins Wohnzimmer.

«Was ist das?», fragte das Eichhörnchen, als er zurückkam.

«Der da, Raskolnikow, nein, Rachmaninow.»

«Könnte schlechter sein.»

«Wie bitte?»

Nach der Mahlzeit steckte Bernhard sich eine Zigarre an. Für einen Augenblick verschwand er in einer Rauchwolke. Als er wieder sichtbar wurde, war er heiterster Laune.

«Na ja, mein Kleiner, was hast du denn so getrieben in diesen Tagen?»

Das Eichhörnchen erzählte ihm vom Möbelantiquariat und seinen Geschäften dort. Sonst gäbe es nicht Berichtenswertes.

Bernhard lachte. «Ja, ich habe mich viele Jahre nicht in solche Höhlen hineingetraut, aus Angst, in diesem ganzen Müll einen Lachanfall zu bekommen.»

Er stand auf, nahm eine handgemalte Kaffeedose und schüttete daraus etwas in einen weitbauchigen Metallkessel.

«Wir machen uns Kesselkaffee. Das ist etwas ganz anderes als diese Plörre, die man mit anderen Methoden bekommt.»

Das Eichhörnchen stimmte gedankenverloren zu. Es dachte an den Traum, den es in der vorigen Nacht geträumt hatte: Es war gegen Abend auf einer leeren breiten Straße unterwegs, alles still, außer dass irgendwo jemand furchtbar ungeschickt auf einer Tuba spielte. Plötzlich öffneten sich Fenster zu beiden Seiten der Straße, einander gegenüber, und zwei Tauben flogen gurrend heraus. Dann ein Knall, die Tauben verharrten einen Augenblick in der Luft, begannen dann zu fallen. Nicht schnell, sondern so, als wöge jede nicht mehr als eine Feder. Das Eichhörnchen wollte hinlaufen und sie mit den Armen auffangen, bevor sie auf dem Beton landeten, aber da bekam es eine Apfelsine an den Kopf, und alles verschwamm vor seinen Augen.

«Zucker oder Milch?», fragte Bernhard.

Das Eichhörnchen bejahte wieder und schob den Traum beiseite.

Sie rührten in den Tassen. Die Schallplatte war abgelaufen, und der Kühlschrank surrte behaglich. Das Eichhörnchen trank von dem starken Kaffee, wieder fiel sein Blick auf das Gebiss, und es verschluckte sich. Bernhard klopfte ihm auf den Rücken.

«Stark?»

«Na ja», sagte er nach einer kurzen Weile, «am besten sollte man die Schädel nun abspülen, muss sicher danach selbst in die Wanne.»

Das Eichhörnchen bat um Entschuldigung, es müsse nun heim und Gardinen aufhängen. Sie verabschiedeten sich mit Pfotenschlag im Flur. Dahinter ein kleines Zimmer, dort sah das Eichhörnchen einen Sprung in einem zerborstenen Fernsehbildschirm.

Bernhard versprach, bei Gelegenheit hereinzuschauen.

Das regnerische und nasskalte Wetter hielt an. Das Eichhörnchen schlängelte sich sicher durch Gassen und Straßen. Es wunderte sich, wie wenige unterwegs waren, wenn es dunkel geworden war.

Es hatte es nicht mehr weit, als zwischen zwei Häusern eine unheimliche Gestalt hervorsprang. Sie hatte eine Taschenlampe unter dem Kinn, die beleuchtete die Fratze und machte die teuflischen Züge noch schrecklicher. Das Wesen näherte sich halbgebeugt, hüstelnd.

«He, he, jetzt bin ich endlich da, he.»

Das Eichhörnchen erstarrte.

«He, he, jetzt kommst du nicht davon.»

Das Eichhörnchen schaute sich ängstlich um. Dann sprang es blitzschnell in einen nahegelegenen Garten. Es hörte Keuchen und Zischen hinter sich, Fluchen, Fauchen. Es lief und sprang über einen Gartenzaun nach dem anderen, wie ein Hürdenläufer. Die ganze Zeit hörte es ein scharfes Knurren von hinten. Es wusste nicht, ob es auf dem richtigen Weg war, aber im nächsten Augenblick fand es sich wieder zurecht. Es war zu Hause. Es hörte das Geheul hinter dem Zaun: «He, schnappe dich später, he, he.»

Das Eichhörnchen war schweißgebadet und zitterte am ganzen Leibe. Es schleppte sich ins Haus, machte Licht, warf sich klatschnass aufs Sofa im Wohnzimmer, nachdem es alles sorgfältig abgeschlossen hatte. Was, wenn ich bei den Zäunen so gestürzt wäre wie neulich auf dem Gitterrost?, dachte es.

Es schlief einen unruhigen Schlaf, gewürzt mit hinkenden Affen, Schädeln, innen von Kerzen beleuchtet.

D W E O M . . A Q
a f . j b . x y d
las das Eichhörnchen mit Mühe. Es war beim Augenarzt. Das Sehen war ihm etwas merkwürdig vorgekommen; die Konturen der Dinge mussten ergänzt werden, wenn es ganz schlecht kam.

Der Augenarzt war furchtbar aufgeregt, ein Kaninchen im Kittel.

«Lies weiter», befahl das Kaninchen.

«E B C H . W . Q.» Einige Buchstaben sah das Eichhörnchen überhaupt nicht.

«Reicht.»

Das Kaninchen nahm eine Art Lampe und untersuchte lange die aufgesperrten Augen des Eichhörnchens. Dabei murmelte es etwas Unverständliches vor sich hin.

«Brauche ich eine Brille?»

«Ohne Zweifel. Ohne Zweifel», antwortete das Kaninchen. Es drehte sich um sich selbst auf der Suche nach den Gläsern. Das Eichhörnchen probierte geduldig verschieden dicke und gewölbte Linsen, eine nach der anderen. Schließlich erschien ihm die Schärfe ausreichend. Das Kaninchen suchte eine Schachtel mit Gestellen, und das Eichhörnchen entschied sich für eine runde Hornbrille.

«So, nun bist du fein», murmelte das Kaninchen zerstreut. «Dann will ich noch ein Rezept für eine Salbe aufschreiben», fügte es hinzu.

«Wozu Salbe?», fragte das Eichhörnchen.

Das Kaninchen kniff die Augen zusammen und machte eine geheimnisvolle Miene.

«Du würdest es nicht verstehen», sagte es schließlich.

Das Eichhörnchen ging schnurstracks in die Apotheke, wie es verordnet war. Eine Türglocke kündigte sein Eintreten an. Innen war eine dunkle, fast schwarze Holzeinrichtung. Medizin und Mixturen in tausend Gläsern auf den Wandregalen. Eine Glasscheibe im Tisch und unter dem Glas Kosmetikartikel, Pflaster, Lakritz.

Das Eichhörnchen hörte im Hintergrund Schritte, und der Apotheker erschien. Das Eichhörnchen stutzte vor Verwunderung. Der Apotheker war ein Mensch. Und der Kopf saß fest an seinem angestammten Ort. Sie entboten sich gegenseitig einen guten Tag, das Eichhörnchen ließ sich nichts anmerken, der Apotheker nahm die gerade Pfeife aus dem Mund.

«Und was kann ich für dich tun?» Der Klang der Stimme war warm. Das Eichhörnchen legte das Rezept auf den Tisch, und der Apotheker überflog es mit den Augen. Er sah sehr bald von der Lektüre auf, sagte: «Sehe, dass du dir ein Brille besorgt hast.»

Das Eichhörnchen konnte es nicht leugnen.

«Das ist fein, eine Brille zu haben», sagte der Apotheker. Er bat das Eichhörnchen zu warten, während er nach hinten ging, um das Rezept zu bearbeiten. Das Eichhörnchen blieb stehen und sah sich um. Die Brille schärfte das Sichtfeld erheblich. Dinge, die vorher oval schienen, bekamen nun scharfe Ecken. Es verstand nicht, wie es bis jetzt klargekommen war.

Nach kurzer Zeit kam der Apotheker wieder nach vorne, mit einer kleinen Tube. Zusätzlich hatte er zwei Fläschchen und ein Wasserglas in den Händen.

«Dürfte ich, hm, dürfte ich einen ganz kleinen Zaubertrick vorführen?»

Das Eichhörnchen sagte, es habe nichts dagegen.

Der Apotheker goss das eine Fläschchen zur Hälfte ins Glas. Das Eichhörnchen sah, dass SCHWEFELSÄURE darauf stand. Das andere Fläschchen war unbeschriftet. Der Apotheker füllte das Glas aus ihm bis zum Rand. Dann sah er das Eichhörnchen kurz an, ergriff das Glas, führte es zu den Lippen, leerte es in einem Zug. Er stöhnte zufrieden und trocknete sich mit dem Kittelärmel den Mund ab.

Dem Eichhörnchen verschlug es die Sprache. Es wartete darauf, den Apotheker schreiend zusammenbrechen zu sehen.

Der Apotheker lachte. Er nahm das unbeschriftete Fläschchen und hielt es ins Licht, als prüfe er ein Ei.

«In diesem Fläschchen hier», sagte er, «ist das Geheimnis verborgen. Willst du die Mischung probieren?»

Er machte sich daran, dem Eichhörnchen ein Glas einzuschenken, das zurückwich und unwillkürlich den Kopf schüttelte.

Der Apotheker lachte wieder.

«Jaja, du bist mir einer, aber hier hast du die Salbe. Du solltest jetzt gleich ein wenig in die Augen tun.»

Das Eichhörnchen nahm die Tube, öffnete sie, beugte den Kopf nach hinten. Ein Brennen legte sich über seine Augen. Als es den Apotheker anschaute, sah es alles in einem Dunstschleier. Es war schlechter als die Brillenlosigkeit vorher.

«Der Schleier währt nicht lange, vielleicht eine halbe Stunde», sagte der Apotheker.

Das Eichhörnchen dankte ihm und ging hinaus. Es bewegte sich durch Nebel. Es schaute durch einen dicken Schleier, den es auf keine Weise fortwischen konnte. Es rieb die Augen ohne Erfolg.

Endlose Häuserreihen kamen zum Vorschein, fast konturlos, wie Felswände bei Schneefall. Das Eichhörnchen ging ziellos einen mit Papierschnipseln bedeckten Bürgersteig entlang, tastete sich über Straßen, hörte Bremsenquietschen, stieß gegen Passanten und fragte sie nach dem Weg. Nach ihrer Auskunft war es noch weit von zu Hause entfernt.

Es lief und lief, und nun stieß es andere nicht mehr an. Autos rasten vorbei, es sah sie undeutlich neben sich als brummende Buckel.

Schließlich kam ihm die Gegend vertraut vor, als es sich im dichten Nebel umsah. Na endlich, dachte es und humpelte tastend zum Tor.

Die Haustür war nicht verschlossen. Ich habe vergessen abzuschließen, dachte es.

Es fühlte, dass es Wasser lassen musste, und tastete sich ins Badezimmer hinein. Aber da wurden nicht Toilette, Waschbecken und Badewanne sichtbar, sondern mit Nähmaschinen bedeckte Tische, und der Fußboden war mit leuchtend bunten Stofflappen bestreut.

Das Eichhörnchen wich zurück. Plötzlich legte jemand eine Pfote auf seine Schulter. Es drehte sich um, sah halbblind jemanden. Wie weggewischt fiel der Schleier von seinen Augen. Es sah alles völlig klar, und die Brille saß gut auf der Nase.

«Was hast du in Häusern anderer Leute zu suchen?»

Es war eine große Katze, ein Angorakater. Das Eichhörnchen sah deutlich die grünen schrägen Augen. Es stammelte etwas von Salbe, Augenarzt, albtraumhaftem Herumirren im Nebel bei Sonnenschein und leeren Straßen. Der Kater starrte ihn an. Das Eichhörnchen schwieg. Der Kater hielt es fest an den Schultern gepackt und musterte es. Das Eichhörnchen versuchte, dem Blick unbeeindruckt standzuhalten. Auf einmal ließ der Kater es los.

«Na ja, ich glaube, das klingt zu verrückt, um erfunden sein zu können», sagte er.

Dem Eichhörnchen fiel ein Stein vom Herzen.

«Aber hau nun sofort ab. Und lass dich hier nicht wieder blicken.» Er runzelte die Brauen.

Das ließ sich das Eichhörnchen nicht zweimal sagen. Es stürzte am Kater vorbei, weiter in den Flur, stolperte über kniehohe Stiefel, sprang wieder auf und schlug die Tür hinter sich zu.

Es schaute nach beiden Seiten, als es auf die Straße gekommen war, und orientierte sich. Es hatte noch ein ganzes Stück nach Hause zu gehen.

Die Häuserecken messerscharf. Sonne lag über den Dächern. Bäume. Das Eichhörnchen ging langsam den

Bürgersteig entlang. Irgendetwas brachte es erneut dazu, über den menschlichen Apotheker nachzudenken, es kam aber zu keinem Ergebnis. Es langte ab und zu über die Gartenmauern nach Johannisbeeren. Richtete die Brille. A Q, grübelte es, diese Buchstaben auf der Lesetafel …

Als das Eichhörnchen gleich nach dem Aufwachen auf den Vorplatz trat und sich bekreuzigen wollte, fiel sein Blick auf einen Hügel am äußersten Ende des Gartens. Er machte eilig ein Kreuzzeichen und näherte sich dem Hügel zögernd. Der erwies sich als ein toter Maulwurf, zur Hälfte eingegraben; die Schnauze voran. Das Eichhörnchen zog den leblosen Körper heraus. Es öffnete die gebrochenen Augen des Maulwurfs und untersuchte sie.

«So viel hat sich für den Armen nicht verändert, er war ja sowieso blind», murmelte es. Dann bemerkte es, dass ein zurechtgeschnittenes Schild aus Wellpappe um eines seiner Hinterbeine gebunden war. Darauf war kein Buchstabe zu sehen. Vielleicht Orangensaft, dachte das Eichhörnchen und schüttelte den Kopf. Es überlegte, was es mit dem Kadaver machen sollte. Schließlich beschloss es, den Maulwurf in seiner eigenen Höhle zu verscharren, in der sein Leben zu beenden ihm nicht vergönnt war.

Es ging langsam zum Haus. Hinter der Flurtür stand eine Zementharke. Das Eichhörnchen achtete darauf, nicht mit schmutzigen Füßen auf den Perserteppich zu treten. Es trug die Harke auf der Schulter in den Garten zurück, von der schweren Last schwankend.

Der tote Maulwurf war verschwunden. Das Eichhörnchen stand völlig überrascht am Maulwurfshügel, aufrecht wie ein Baum, die Harke über der Schulter. Ein Haussperling kam angeflogen, mit Flügelschlag und Gesang, setzte sich einen Augenblick auf den Grabesrand. Hieb mit dem Schnabel in einen lehmbespritzten Regenwurm.

Der Kinosaal war sehr klein. Das Eichhörnchen war dort aus einem ziemlich übereilten Entschluss hineingeraten; ihm kam es so vor, als stünde Bernhard im Foyer hinter den Glaswänden und kaufte sich eine Karte. Aber dann war Bernhard nirgends zu sehen. Aber das

Eichhörnchen hatte das Gefühl, nachdem es nun einmal so weit gekommen war, könne es nicht mehr umkehren.

Nur wenige waren im Saal. Zwei Fledermäuse im Halbdunkel, die ihre Flügel umeinander geschlungen hatten, ein Kaninchen, das Popcorn in sich hineinschaufelte, eine merkwürdige Gestalt im Mantel, die dem Eichhörnchen am ehesten wie ein Stachelschwein erschien.

Es setzte sich nach vorne, trotz der Brille. Die weiße Leinwand breitete sich schnell aus; Farben und Formen legten sich über sie. Lebewesen begannen sich zu bewegen.

Da war ein Mann, der an diesem dunklen Fenster stand und durch Gardinen auf die regennasse Straße sah, auf die Lichter der Fahrzeuge, es überkam ihn die Erinnerung an eine Frau. Er schüttelte den Gedanken ab, nahm das Schoßhündchen vom Boden und setzte es auf die Fensterbank. Der Hund wehrte sich, aber der Mann löste seine schwarz-weiße Krawatte, brachte sie unter das Halsband des Hundes und verknotete sie. Er stieß das jaulende Tier sanft durch das Fenster und band es am eisernen Griff fest. Er schaltete alle Lampen an, eine prächtige Wohnung wurde sichtbar; Sofas und ein Kamin, über dem Kamin ein großes Gemälde von einer üppigen Frau, die in einem Waldsee badete. Am Ufer sitzend ein Mann mit einer verbeulten Trompete.

«Du hättest sicher mit auf diesem Bild sein wollen!»

Der Mann drehte sich auf den Hacken um. Ihm gegenüber stand eine blaugekleidete Frau.

«Was willst du denn hier?», fragte der Mann.

«Dasselbe könnte ich dich auch fragen.»

«Du hast hier nichts verloren.»

«Ich bin gekommen, um den Hund zu holen, wenn du ihn nicht schon umgebracht hast.»

«Er ist abgehauen.»

Der Mann ging auf die Frau zu, in drohender Haltung, sie wich zurück, bis sie über eine Stuhllehne stürzte und im Fallen schrie. Der Mann ging auf die Frau los und riss ihr trotz heftiger Proteste die Kleider vom Leib, die nach und nach verschwanden.

Von draußen hörte man das Knurren des Schoßhundes. Er trat kraftlos gegen die Kalksandsteinmauer,

die Pfoten blutig, rötlicher Schaum in den Mundwinkeln.

Plötzlich sieht man über eine endlose Wüste. Eine überhelle Sonne, und zwei Punkte, die sich bewegen, langsam näher kommen. Sie kommen über eine Anhöhe, und dann sieht man, dass es sich um reiterlose Kamele handelt. Sie sinken tief in den Sand ein, stolpern hin und wieder. Parallele Kratzer im Film erwecken den Eindruck eines Sandsturms.

Das Eichhörnchen gähnte. Es verstand den Zusammenhang nicht. Außerdem hatte es nur ein begrenztes Interesse an Kamelen. Es stand auf. Es war jetzt allein im Saal. Die anderen müssen sich hinausgeschlichen haben. Oder bin ich eingenickt?, dachte es. Es sah schnell hinauf in die Vorführkabine, durch den Schlitz drang schwaches Licht und der Vorführer erschien, in einer farbigen Illustrierten blätternd. Das Eichhörnchen blieb eine Weile stehen und überlegte, ob er sich wohl erschreckt hatte. Es gab sich selbst die Antwort: Nein. Dann band es sich den bunten Schal fester um den Hals, ließ mit den Füßen den ganzen Weg nach draußen Popcorn explodieren.

Eine Autoschlange die ganze Straße entlang, Hupen, das Eichhörnchens blieb am Fenster des Antiquariats stehen. Ein verschlissenes Exemplar des *Kleinen gelben Hühnchens* lag aufgeschlagen, und daneben *Eulenspiegel*, Erstausgabe. «Die vorderen Blätter fehlen», stand auf einem kleinen maschinengeschriebenen Zettel.

Das Eichhörnchen zerbrach sich den Kopf über sein Versehen; Bernhard im Foyer. Aber es gibt viele Säle, dachte es. Es sah, wie eine gurrende Taube niedrig über die Straße flog und sich auf die Dachtraufe eines Holzhauses setzte.

Eines Tages fand das Eichhörnchen nach einem kurzen Spaziergang durch unterirdische Tunnel seine Tür unverschlossen vor. «Ich habe mit Sicherheit abgeschlossen», sagte es zu sich selbst. Es erinnerte sich an den Besuch bei dem Kater.

Der gehörnte Büffel starrte es böse aus dem Glas an. Das Eichhörnchen fasste den Türgriff, zögernd, als käme es zum ersten Mal ins Haus.

Im Flur bemerkte es einen dunklen Fleck auf dem Parkett. Es beugte sich nieder, um ihn zu untersuchen. Es erschrak. Es erhob sich und öffnete die Küchentür. Alle Schränke waren aufgerissen und der Inhalt überall verstreut. Eine Flasche Tomatensoße auf der Bank. Das Eichhörnchen seufzte. Es begann, die Dosen und Kanister wieder in die Schränke einzuräumen, warf die Tomatensoßenflasche in den Müll, wusch das Küchenmesser ab und ging mit dem Scheuerlappen in den Flur. Es wischte den Fleck sorgfältig vom Parkett und wollte gerade in die Küche gehen, als das Telefon zu läuten begann. Es wartete einen kurzen Augenblick, dann nahm es den Hörer ab.

«Ja.»

«Ja, wer ist da?», fragte eine heisere Stimme.

Das Eichhörnchen nannte seinen Namen.

«Genau, doch, du bist es, mit dem ich reden muss, ich heiße Hildibrand, der Bär mit dem Antiquariat, du erinnerst dich doch –?»

Das Eichhörnchen sagte, es erinnere sich.

«Doch, und es ist Folgendes, ich habe gedacht, ich war wohl halb im Schlaf, als du kamst, aber egal, ich dachte ... Erinnerst du dich an die Holzbrücke ... Mir fiel plötzlich ein, dass ich dich vorher schon einmal gesehen habe.»

Das Eichhörnchen sagte, das könnte im Kolonialwarenladen gewesen sein.

«Davon weiß ich nichts, nein … nicht hier, woanders; du bist allein über eine Holzbrücke gegangen … das ist unendlich lange her, über die Brücke in der Nähe der Hütte –»

Mehr hörte das Eichhörnchen nicht. Die Verbindung brach plötzlich ab. Er ist auf die Schnur getreten, dachte das Eichhörnchen. Es blieb einen Augenblick beim Telefon stehen, aber es läutete nicht wieder. Das Eichhörnchen zuckte mit den Schultern. Es beschloss, sich einen starken, guten Tee zu kochen. Die offene Tür zu vergessen. Das Messer. Das Telefonläuten.

Es zog immer Vorhänge vor den Spiegel, bevor es das Haus verließ. Jetzt zog es sie auf. Die Vorhänge ähnlich wie Bettwäsche oder Kleiderstoffe, geblümt, und das Eichhörnchen zog sie zur Seite. Auf das Glas hatte jemand mit Lippenstift gekritzelt: Sieh nicht hinein. Das greift das Silber an.

Ohne sich darum zu scheren, dass es der Scheuerlappen war, den es in der Hand hatte, nahm das Eichhörnchen ihn hoch und wischte die Buchstaben vom Glas ab. Sie verschmierten und bildeten einen halbdurchsichtigen Schleier, das Eichhörnchen sah sich undeutlich erscheinen, irgendwo weit hinten. Das erinnerte es an die Salbe. Die ersten Auswirkungen hatten es so beeindruckt, dass es sie nie wieder anwendete.

Ein merkwürdiger Satz schoss ihm durch den Kopf, den es vor langer Zeit in einem Buch gelesen hatte, von dem es weder wusste, wie es hieß, noch, wie es aussah: … Trübes gefrorenes Wasser in einem Krug, der umgefallen ist …

Es kochte sich Tee.

Das Eichhörnchen hörte, dass es jemand von hinten anrief, und drehte sich um. Es war auf der Straße im strahlenden Sonnenschein. Es glitzerte in der Brille. Es kniff die Augen zusammen und versuchte sich zu orientieren, woher der Ruf kam.

«Hör mal! Du da!»

Aus der weißglühenden Masse stieg der Angorakater, zu dem sich das Eichhörnchen verirrt hatte. Er war ein wenig müde, war offenbar gelaufen. Die kohlschwarzen Stiefel glänzend geputzt. Das Eichhörnchen wich zurück und war auf das Schlimmste gefasst.

«Nein, alles in Ordnung», sagte der Kater, er lächelte und strich sich über die Barthaare.

«Bist du nicht – ?», sagte das Eichhörnchen und zögerte.

«Ab und zu. Das kam alles von meiner verdammten Hitzköpfigkeit. Ich kann gelegentlich cholerischer sein als der Teufel.»

Das Eichhörnchen schob die Brille über die Nase und räusperte sich. Der Kater schwankte, strich sich noch einmal über die Barthaare.

«Verdammt heiß. Und ich habe meinen Hut zu Hause vergessen», sagte er. «Willst du vielleicht einen Kaffee?», fügte er hinzu und warf dem Eichhörnchen einen schnellen Blick zu. Das Eichhörnchen sagte, eine Tasse Kaffee wäre sicher nicht zu verachten.

Das nächste Kaffeehaus war nur einen Steinwurf entfernt.

Sie gingen langsam.

«Was war eigentlich mit all diesen Nähmaschinen?»

«Oh, ja, ich sammle sie nur. Nur so eine Marotte.»

«Ich sammle Kleiderbügel.»

«Kleiderbügel? Hast du denn so viel Kleidung?»

«Keine.»

«Nun, dann haben wir etwas gemeinsam, ich nähe nämlich gar nicht!»

Sie setzten sich an einen Tisch auf dem Bürgersteig vor dem Kaffeehaus, unter einen gestreiften Sonnenschirm. Das Eichhörnchen zuckte zusammen, als es den Wirt sah: es war ein Eichhörnchen. Der Wirt schien sich nicht zu wundern. Das Eichhörnchen stand auf und reichte ihm seine Pfote.

«Du bist der Erste, den ich von meiner Art hier in der Stadt sehe», sagte es.

«Für mich gilt dasselbe.»

«Dachte zuerst, ich sähe in einen Spiegel.»

«Was sollen wir bestellen?», unterbrach der Kater die Unterhaltung.

«Kaffee und Waffeln mit Sahne und Rhabarbergelee, glaube ich», sagte das Eichhörnchen.

«Kaffee und Waffeln mit Sahne und Rhabarbergelee», murmelte der Wirt.

«Ja, ich glaube, ich nehme für mich dasselbe», sagte der Kater.

Sie saßen angenehm im Schatten und schlürften den heißen Kaffee, knabberten träge an den Waffeln. Das Haus gegenüber in Sonne gebadet. Aus einem Fenster des dritten Stocks hing ein Nylonseil auf die Straße hinunter.

«Jemand, der sich eingeschlossen hat», sagte das Eichhörnchen.

«Oder jemand, der sich aufhängen will.»

Das Eichhörnchen sah den Kater an. Es konnte kein Lächeln an ihm entdecken.

«Aber», begann das Eichhörnchen, «wäre es nicht besser, ich meine praktischer, das in der Wohnung zu machen, einen Stuhl umzuwerfen …?»

«Praktischer, gewiss, aber wohl kaum eindrucksvoller», antwortete der Kater.

Das Eichhörnchen schaufelte sich den Rest seiner Waffel hinein und leerte die Tasse. Ein Kaninchen auf einem Botenfahrrad schoss den Bürgersteig entlang und stieß an die Tischkante. Die Tasse des Katers fiel um.

«Verdammter Teufel», zischte der Kater und knirschte mit den Zähnen.

Sie standen auf. Der Kater wollte das Portemonnaie zücken, aber der Wirt winkte mit der Pfote ab.

«Nein, das geht auf Kosten des Hauses. Es passiert ja nicht jeden Tag, dass Spiegelbilder ein eigenes Leben bekommen.»

Das Eichhörnchen dankte ihm dafür.

Der Kater und das Eichhörnchen gingen wieder in das brennende Sonnenlicht hinaus. Die Abgase ungezählter

Autos verbündeten sich mit der drückenden Hitze, und die Luft wurde immer stickiger.

«Ein verdammter Unfug sind diese Autos», sagte der Kater. «Gute Stiefel zu haben reicht doch völlig aus.»

Das Eichhörnchen pflichtete ihm bei.

Plötzlich blieb der Kater stehen und sah auf die Uhr.

«Verdammt, muss rennen!»

Er begann zu laufen, wandte sich im Lauf um und rief:

«Komm doch mal vorbei und schau dir die Nähmaschinensammlung genauer an!»

Er verschwand in Staub und Hitzedunst. Dem Eichhörnchen kam es vor, als verschlucke der Smog der Umweltverschmutzung alle Orientierungspunkte und hindere ihn, nach Hause zu finden. Sein Herz klopfte. Nimmt das denn gar kein Ende, dachte es. Ein starker Windstoß, fast von der Stärke eines Wirbelsturms, blies den Schleier mitsamt dem Blättermüll fort, lange genug, damit das Eichhörnchen sich wieder zurechtfand. Zauberwetter.

Die Zeit ist ein Vogel. Viele Nächte rasten steuerlos durch Sein und Bewusstsein des Eichhörnchens. Ein Tag mit dunklen Brauen hob an, Wolken ballten sich über Hausdächern. Das Eichhörnchen erwachte früh aus einem fürchterlichen Traum. Es hatte von Menschenköpfen geträumt, aufgesteckt auf Stangen. Es wälzte sich aus dem Bett und schaute aus dem Fenster. Der Garten war schon herbstlich. Das Gras merkwürdig grau.

«Jetzt wäre es gut, ein Barometer zu haben», sagte das Eichhörnchen ziemlich laut zu sich selbst. Ein Gedanke schlug in ihm ein wie ein Blitz: Ich bin schon zu lange hier. Ich gehe nach Hause. Der Teufel hole mich, ich möchte heim. Dies ist nicht mein Ort. Eine reine Betonwüste. Ich gehe. Worauf sollte ich noch warten, hier habe ich nichts zu suchen. Weswegen bin ich überhaupt hergekommen?

Es brühte sich Kaffee auf. Ich gehe, wie ich gekommen bin, dachte es, nur die Kleiderbügel, die Tagebücher, die Leselampe. Einen Augenblick beschäftigte es der Gedanke, die Kleiderbügel könnten es vermissen. Nein.

Es fiel ihm ein zu versuchen, den Kaffeehauswirt mitzunehmen. Es rief ihn an, sie hatten die Telefonnummern ausgetauscht.

«Nein, ausgeschlossen. Ich laufe nicht vom Geschäft weg. Außerdem kenne ich nichts anderes. Hier ist meine Heimat.»

Das Eichhörnchen wählte eine andere Nummer. Es wollte Bernhard anrufen. Es ahnte, dass es nichts nützen würde, ihn einzuladen mitzukommen, aber es wollte sich wenigstens mit einem Gruß von ihm verabschieden. Niemand antwortete. Das Telefon hörte auf zu läuten. Dann hinterlasse ich einfach einen Zettel an der Tür, sage ihm, ich hätte Heimweh bekommen und sei abgereist, ein für alle Mal, dachte das Eichhörnchen.

Es packte die Kleiderbügel, die Tagebücher, die Leselampe in den Weidenkorb. Es schwang ihn auf seinen Rücken, ging auf die Toilette, um zu pinkeln, bevor es sich aufmachte.

Im Flur zog es den Vorhang vor den Spiegel. Die Möbel schlummerten im trüben Tageslicht des Wohnzimmers, gaben keinen Mucks von sich. Das Eichhörnchen ging zum Sofa und gab ihm einen zärtlichen Klaps, es ging ganz kurz in die Küche, sah nach dem Herd und dem

Wasserhahn. Sah sich zum letzten Mal in der Höhle um. Dann knallte es die Haustür so unsanft hinter sich zu, dass der Büffel und seine Herde zitterten. Das Glas war beschlagen.

«Hast du nun Angst bekommen, Alter», flüsterte das Eichhörnchen dem Büffel zu und zeichnete einen kleinen Engel auf die feuchte Scheibe.

Auf einmal bemerkte es, dass etwas auf dem Bürgersteig lag. Ein Buch. Es beugte sich nieder. *Tagebuch eines Wahnsinnigen* stand vorne auf dem Umschlag. Das Eichhörnchen zuckte mit den Schultern, schob das Buch durch den Briefschlitz. Man hörte es mit einem dumpfen Knall auf dem Perserteppich landen, in den Schlafmohn versinken.

Es klebte den Zettel an Bernhard auf die Scheibe, marschierte davon. Folgte Straße auf Straße, bis es vor einem Haus stand, das ihm bekannt war. Es schüttelte den Kopf. «Das ist merkwürdig. Ich wollte überhaupt nicht hierher. Aber da ich nun mal da bin, ist es wahrscheinlich am besten, wenn ich hineinschaue», murmelte das Eichhörnchen. Es ging durchs Tor, klopfte an. Musste einen Augenblick warten. Der Angorakater öffnete. Sie begrüßten sich.

«Was hast du da eigentlich auf dem Rücken? Du siehst aus wie ein Rentier!»

«Die Kleiderbügel», antwortete das Eichhörnchen.

«Ach, was sage ich, natürlich. Die Kleiderbügel», sagte der Kater.

Das Eichhörnchen bemerkte, dass die Pfoten des Katers mit Öl beschmiert waren.

«Ja, ich habe die Maschinen geölt, die Nähmaschinen.»

Sie gingen in das Zimmer, welches das Eichhörnchen durch den Salbenschleier richtig erkannt hatte. Auf dem Fußboden lagen wie damals unzählige Stofflappen in allen Regenbogenfarben. Einige Lappen auf den Tischen neben den Maschinen, schmierig von Öl.

«Ich sehe, dass du die Lappen nicht benutzt, um etwas aus ihnen zu nähen», sagte das Eichhörnchen.

«Nein, wie ich dir neulich sagte: ich nähe nicht.»

«Werden sie alle mit dem Fuß betrieben?», fragte das Eichhörnchen.

«Jede Einzelne von ihnen», sagte der Kater stolzgeschwellt.

Das Eichhörnchen sagte ihm, es sei dabei, die Stadt endgültig zu verlassen. Die Miene des Katers drückte Verwunderung aus.

«Und ich dachte, du wärest gekommen, um mir die Kleiderbügel zu zeigen.»

«Kommst du vielleicht mit?», schlug das Eichhörnchen vor, nur um etwas zu sagen. Der Kater ließ auf die Antwort warten.

«Aber die Maschinen, mein Lieber, auf die muss man aufpassen, die darf man nicht vernachlässigen. Leider.»

Das Eichhörnchen war erleichtert, ließ sich aber nichts anmerken, sagte: «Na ja, vielleicht schreiben wir uns mal?»

«Unbedingt. Sonst bin ich schreibfauler als der Teufel», sagte der Kater. Sie gaben sich die Pfoten. Der Kater schien die Schmiere vergessen zu haben. Das Eichhörnchen rückte seine Brille zurecht, passte die Trageriemen des Weidenkorbes an.

«Hör mal, wenn dir ein Kopftuch fehlt», sagte der Kater und wies auf den Boden.

Das Eichhörnchen war wieder auf die Straße gekommen. Wieder ging es lange Wege, zwischen schwindelerregend hohen Steingebäuden, dieselbe Schwüle in der Luft.

Es dachte plötzlich an das Küchenmesser und die Taschenlampe.

Der Stadtrand war dem Eichhörnchen jetzt genauso fremd wie damals, als es mit Bernhard aus der anderen Richtung ankam. Ein rosa Schleier fiel auf die Steinmauern und machte sie furchterweckend.

Das eine oder andere Mal sah das Eichhörnchen Gestalten zwischen den Häusern huschen, hörte Schreien im Hinterhof. Als es gerade an einem dunkelgrauen, fast fensterlosen Hochhaus vorbeiging, kam vom Himmel etwas geflogen, klatschte heftig auf die Straße, um Haaresbreite neben ihm. Das Eichhörnchen blieb stehen. Es war ein Lappen. Es spähte hinauf in den regenschweren Himmel nach einem Flugzeug.

Wenig später rollte eine riesige Wassermelone an ihm vorbei auf die Straße hinaus und verschwand in einem offenen Abwasserkanal. Sonst ereignete sich nichts. Der Weidenkorb mit den Tagebüchern und Kleiderbügeln wurde immer schwerer.

«Rentier! Rentier!», hörte das Eichhörnchen hinter sich rufen. Es sah nicht hin. Ich hätte die Samtschuhe anziehen sollen, dachte es. Glasscherben lagen überall auf dem Bürgersteig verstreut, und es musste sich vorsehen.

Ganz allmählich wurden die Häuserreihen lichter. Das eine oder andere kleine unbebaute Grundstück wurde sichtbar. Und ehe man es sich versah, lag die ganze Stadt hinter einem. Das Eichhörnchen sah sich neugierig um. Es befand sich auf einem Waldweg. Der Aufenthalt in dem Häusermeer lief wie ein langsam laufender Film durch seinen Kopf. Seine Last kam ihm nun leichter vor. Es ging weiter.

Ein Auto fuhr durch den Wald, es hatte eine Kiste auf der Ladefläche. Das Eichhörnchen drehte sich um und beobachtete, wie das Auto näher kam.

Ohne ein Wort zu sagen, warf es den Korb auf die Ladefläche, schob ihn unter die Plane, zur Kiste hin. Es setzte sich hinein. Bernhard legte einen Gang ein, und das Auto bewegte sich wieder von der Stelle.

«Du hast den Zettel gesehen.»

«Ja, was für eine blöde Idee ist das eigentlich, so einfach zu verschwinden?»

«Das fiel mir plötzlich ein.»

Bernhard schnaubte.

«Und du hast natürlich nicht daran gedacht, dich von mir zu verabschieden?»

«Du warst nicht zu Hause.»

«Hätte man nicht warten können? War es so eilig?»

«Du siehst ja. Kannst du mich mitnehmen?»

Bernhard presste die Pfoten ums Lenkrad und runzelte die Brauen. Er antwortete nicht.

«Was ist in der Kiste?», fragte das Eichhörnchen.

«Die Schädel.»

«Die Schädel?»

«Ich denke, ich vergrabe sie irgendwo unterwegs. Aber darf ich mal fragen, was in dem Korb ist? Nur deine alten Schwarten und die Kleiderbügel?»

«Und die Leselampe.»

Sie fuhren über den schmalen Waldweg. Wieder begann es zu regnen. Bernhard setzte die Scheibenwischer in Gang, und die eigenartige Melodie, die das Eichhörnchen zuerst auf dem Weg in die Stadt gehört hatte, erklang aufs Neue.

Sie fuhren, der Regen fiel, die Scheibenwischer spielten ihr Lied. Äste hingen über den Weg, und dem Eichhörnchen schien, sie wollten sich das Kistenauto packen. Niemand kam ihnen entgegen. Niemand überholte sie.

Man fuhr noch lange weiter, die Kiste rasselte auf der Ladepritsche. Das Eichhörnchen hoffte, dass die Plane nicht undicht war. Inzwischen war es dunkel geworden. Die Einförmigkeit des Waldes war plötzlich abgebrochen; das Auto fuhr langsam auf eine Lichtung, wo die Tankstelle des Fuchses stand. Man sah niemanden draußen. Die blauen Tische hatte man entfernt. Bernhard stoppte das Auto vor der Tanksäule.

Der Fuchs kam hinkend heraus, in einem grünen Regenmantel, so lang, dass er auf dem Boden schleifte. Er knurrte durch das halbgeöffnete Seitenfenster: «Wie viel!» Es klang nicht nach einer Frage.

«Volltanken bitte», sagte Bernhard ruhig. Er reichte dem Fuchs die Schlüssel.

«Ich habe Hunger», sagte das Eichhörnchen.

«Dann geh doch mit unserem Freund hier», sagte Bernhard und gähnte. Das Eichhörnchen stieg aus in den Regen und ging hinein. Schlug die Tür hinter sich zu.

Der Fuchs erschien schneller als erwartet, er schüttelte sich, so dass Wasser in alle Richtungen spritzte.

«Hast du eine Pita?», fragte das Eichhörnchen.

Der Fuchs knurrte. Das erinnert mich an den Antiquar Hildibrand, dachte das Eichhörnchen. Es beeilte sich, die Frage zurückzunehmen, und bat um ein Sandwich mit Schinken und Käse. Der Fuchs zog sich ins Hinterzimmer zurück. Er ließ auf sich warten. Das Eichhörnchen klopfte mit der Pfote auf die Tischplatte. Endlich kam er.

«Kein Lärm hier», polterte er.

Das Eichhörnchen bat um Entschuldigung, bezahlte. Bezahlte, während der Fuchs es mit gerunzelten Augenbrauen anstarrte. Das Eichhörnchen lief hinaus und schlug wieder die Tür hinter sich zu.

Bernhard war dabei, die Grabegeräte unter die Plane zu schieben. Die Kiste war verschwunden. Sie setzten sich hinein.

«Ich habe sie weiter hinten in einem Loch im Garten vergraben», sagte Bernhard. Er war müde und keuchte.

«Du bist klatschnass», sagte das Eichhörnchen.

«Das liegt in der Natur der Dinge», sagte Bernhard.

Es war noch immer dunkel. Der Wolkenbruch wollte kein Ende nehmen. Die Scheibenwischer rasten, das Gebläse half mit. Die Eintönigkeit kehrte zurück; der Waldweg erstreckte sich ins Unendliche, wegen der Nässe war es fast wie im Schlamm zu fahren.

Das Eichhörnchen dachte daran, wie der Steinschmätzer wohl auf seine Heimkehr reagieren würde. Steinschmätzer waren unberechenbar.

«Nun wird es allmählich weniger», sagte Bernhard leise.

«Ja, nun wird es allmählich weniger», stimmte das Eichhörnchen zu.

Ganz allmählich ließ der Regen nach. Bernhard schaltete die Scheibenwischer aus, zündete sich eine Zigarre an. Nun beeinträchtigte nur noch die Dunkelheit die Sicht nach vorne.

Das Eichhörnchen schaute prüfend in die Schattenwelt draußen, glaubte sich auszukennen; dieselbe Dunkelheit hatte es schon oft eingehüllt.

Bernhard trat plötzlich auf die Bremse.

«Wir sind da. Hier ist die Abzweigung. Hier fahre ich nicht weiter, überall Pfützen und Schlaglöcher. Wir laufen», sagte er.

Sie stiegen aus, nachdem Bernhard den Motor und die Scheinwerfer ausgestellt hatte. Sie zogen die Abdeckung zur Seite; das Eichhörnchen nahm den Weidenkorb locker auf den Rücken.

«Willst du die Schaufel mitnehmen?», fragte es Bernhard.

Bernhard antwortete nicht.

Das Eichhörnchen sah die Hütte zwischen den Bäumen schimmern, und das dunkle Teichauge, Licht in den Fenstern. Ein wundersamer Strom durchlief es, es schien ihm, es müsse seine Schritte beschleunigen, der Korb fiel ihm nicht länger zur Last, leicht wie eine Feder.

Sie wateten durch den Schlamm und sanken ein.

«Ein verdammter Matschweg ist das hier», murmelte Bernhard.

Das Eichhörnchen konnte die Augen nicht von der Hütte wenden.

Wie auf einen Wink erlosch der Schein in den Fenstern. Es begann hell zu werden. Sie standen verwundert da.

«Zur Hölle damit», stieß Bernhard schließlich hervor; «warum wird es nun hell? Die Nacht hat doch gerade erst angefangen!»

Sie blickten nach oben. Kein Mond.

«Was ist –!», begann Bernhard. Er beendete nie einen Satz.

Ganz allmählich veränderte sich der Himmel über ihnen. Er verwandelte sich in zerknittertes Schreibmaschinenpapier, hellbraun, stellenweise angebrannt. Nirgends sah man einen Rand. Dann schien es, als ob man die Rückseite des Papiers von hinten mit einer schwachen Taschenlampe beleuchtete, und zwei flüchtig gezeichnete Figuren stiegen hervor, mit grauer Wachsfarbe halb übereinandergekritzelt, über ihnen ein abstürzendes Haiflugzeug, das Schwanzende voraus.

Das Eichhörnchen tastete nach seiner Hornbrille, putzte sie hastig mit dem Lappen des Katers. Aber alles blieb gleich. Das Bild verschwand nicht. Andererseits entdeckte es nun, dass neben den anderen Gestalten etwas geschrieben stand, schräg, undeutlich: Allan Quatermain. Es wollte sich zu Bernhard wenden, sah ihn aber nirgends, nur das Auto, still, weit unten. Eine Feuerwoge traf es, löschte jeden Gedanken aus.

Traumsonnen –

Gyrðir Elíasson wurde 1961 in Reykjavík geboren. Er studierte nach seinem Abitur 1982 an der Pädagogischen Hochschule in Reykjavík und ist seit 1984 freier Schriftsteller. Seither veröffentlicht er Romane, Erzählungen und Gedichtsammlungen. 1998 wurde er mit dem Isländischen Literaturpreis ausgezeichnet.

Laura Jurt, geboren 1979, lebt als selbstständige Illustratorin in Zürich. Sie arbeitet für Buchverlage, Magazine und Zeitungen. Sie zeichnet, collagiert und arbeitet mit verschiedenen Drucktechniken.

Die Originalausgabe erschien 1987 unter dem Titel *Gangandi íkorni* beim isländischen Verlag Uppheimar.

Übersetzung: Aus dem Isländischen von Gert Kreutzer
Illustrationen: Laura Jurt, Zürich (www.laurajurt.ch)
Gestaltung: 2xGoldstein, Karlsruhe
Druck und Bindung: Kösel GmbH & Co. KG,
Altusried / Krugzell

ISBN 978-3-03774-020-0

www.waldegraf.ch

€ 18,50

4,50